JN097087

北海道豆本 series48

爪句

TSUME-KU

@天空のスケッチ

爪句集 覚え書き―48集

コロナ禍で世の中オンラインで仕事や勉強、さらに趣味の実行が潮流になってきていて、著者もその流れに乗ろうとそれなりの努力をしている。実際この爪句集シリーズの出版では、校正等の打ち合わせには担当者とオンラインで行うようになっており、直に顔を会わせての作業は無くなってきている。出版社よりは、作家個人がオンラインを使えるようになってきて、この状況が生み出されているともいえる。

著者は、コロナ禍以前は画廊で会場を借りてスケッチ展や写真展を行っていた。しかし、昨今のコロナ禍では人に来てもらっての展覧会は自粛せざるを得ない。そこでネットを介してのオンライン展覧会が頭に浮かぶ。これも昨今の世の中のオンライン化に合っている。オンライン展覧会では会場代を払わなくてもよく、期限や時間の制約のない展覧会となり、来場者もパソコンの前に座って鑑賞できるので、趣味のレベルの展覧会としては、主催者は気楽に行える。

ただ、ブログの記事として絵や写真を並べるだけなら芸がない。そこで本爪句集のように会場の背景の壁、あるいは作品を飾る額として空撮の全球パノラマ写真を利用する事にした。本爪句集に収録したスケッチは、既にスケッチ集や画文集で出版している。それを A7 判サイズにして再出版しても二番煎じで新味にも欠ける。しかし、空撮全球パノラマ写真にスケッチを取り込み、パソコンやスマホで拡大された景観の中でスケッチを鑑賞する方式は新機軸の展覧会となる。

オンライン展覧会に利用した空撮全球パノラマ写真は、最初から展覧会用に撮影したものではない。単に景観の記録として撮影し処理したものを適当に選び出してきて利用している。会場の背景や額に見立てた空撮パノラマ写真はスケッチとは無関係である。通常のリアルな展覧会でも会場の壁や額は絵とは無関係である。もしスケッチを描いた場所で撮影した空撮全球パノラマ写真を背景にしているなら、同じ対象でスケッチ展と写真展を同時に行え、オンライン展覧会の究極の形式である。しかし、最初からそのアイディアがありそれを実行したのではなく、後になってスケッチと空撮パノラマ写真を組み合わせる考えに至っている。スケッチと空撮を並行して行うところまで、状況は今のところ進んでいない。

さて、本爪句集ではスケッチを天空部分に貼り込んだ空撮パノラマ写真に爪句と説明文を加えて作品にしている。ここで爪句と説明文をテキスト表現の作品とすると、爪句が鑑賞対象の絵に相当するものであり、説明文は展示場の壁か額に対応したものと考えてもよさそうである。展覧会の絵はそれなりの額に収めて、それなりの会場の壁に掛ける必要がある。同様な事が爪句とその説明文の関係に当てはめる事ができそうである。爪句を飾る額や壁紙としての短い文章があると考える。しかし、作家のこのような理解に対して、鑑賞者は作家とは別の見方をするかもしれない。

このオンラインのスケッチ展では、スケッチよりは背景にしている空撮パノラマ写真に鑑賞の目がいくかもしれない。立派な額に収まった下手なスケッチより、額の作りの見事さに注意がいくようなものである。スケッチの単なるキャプションの爪句より、説明文の方が短文文芸として評価されるかもしれない。キメラのような爪句写真集では作品の「主」と「従」が入れ替わる事は十分にありうる。ただ、本爪句集の作品を「絵と額」の関係で捕らえるとわかり易いのも事実である。

リアルな展覧会では作家が会場に詰めていて、来場者と歓談したりする。オンラインでもそれは可能で、作家がパソコンの前に座っていて、オンラインを介して入場した来場者の顔をみながら説明はできる。オンラインの画面を2面持って、メインの画面で会話を行いサブの画面に作品を展示すれば作品を見ながらの説明を進行させる事ができる。何かの企画のプレゼンテーションと変わらない。しかし、実現可能なネット環境にあっても、実際に実行してはいない。それまでして来場するネット観客がいない上に、主催者も来るか来ないかの来場者のため、常時パソコンの前に座っているのも大変だからである。

本爪句集は上記のようなオンライン展覧会の作品カタログともみなせる。しかし、このカタログは常時展覧会場に直結している。スマホ等で爪句集に印刷されたQRコードを読み込むことで展覧会場に入場できる。これはリアルな展覧会では実現できない、新しい形式の展覧会である。このようにネット空間とつながった本は本の可能性を拡大し、紙媒体としての本の生き残りにもつながるものである。

技術が進歩し広く社会に受け入れられると展覧会一つとっても新しい可能性が見えてくる。本爪句集は小さな豆本であるけれど、そのような大きな可能性を追いかけた試作品ともみなせる。

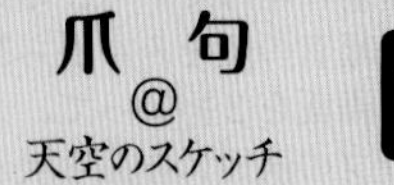

目 次

I 年賀画廊

Ⅱ　きぼうの虹原画

4　イタリア・ジェノバ市コロンブスの家（1992・10・30号）

5　米国サンタバーバラ市カリフォルニア大学サンタバーバラ校（1992・12・15号）

6　中国南京市明孝陵石像路（1993・1・20号）

7　米国ワシントン州シアトル市のダウンタウン（1993・2・27号）

8　イタリア・ローマ円形闘技場コロッセオ（1993・4・21号）

9　中国河北省秦皇島市山海関天下第一関（1993・5・25号）

10　中国ウイグル自治区ウルムチ（烏魯木斉）市新疆大学構内（1993・7・7号）

11　中国香港九龍ネイザン通り（1993・8・6号）

12　中国新疆ウイグル自治区トルファン市交河故城（1993・9・25号）

13　カナダ・サスカッツーン市サスカッチワン大学構内（1993・10・25号）

14　中国湖北省武漢市武昌（1993・12・15号）

15　カナダ・バンクーバー市ガスタウン（1994・1・15号）

16　シンガポール・マリーナセンター（1994・2・26号）

17　中国ハルビン市学府路沿いの黒竜江大学（1994・4・27号）

18　中国広西チワン族自治区漓江（1994・5・31号）
19　米国カリフォルニア州ラグナビーチ
（1994・7・10号）
20　メキシコ・テオティワカンの月のピラミッド
（1994・8・25号）
21　メキシコシティ・ソカロのメトロポリタン大聖堂
（1994・9・30号）
22　オーストラリア・カンガルー島
ドゥ・コウエデック岬の灯台（1994・10・31号）
23　韓国公州市鶏龍山甲寺（1994・12・5号）
24　中国西安市秦始皇兵馬俑坑（1995・1・20号）
25　米国ニューオリンズ市ジャクソン広場
（1995・2・28号）
26　米国インディアナ州パデュー大学構内
（1994・4・4号）
27　メキシコ・オアハカ市コロニアル風ホテル
（1995・5・2号）
28　中国陝西省西安市鐘楼（1995・6・3号）
29　中国北京市故宮天安門広場（1995・7・11号）
30　中国遼寧省瀋陽市瀋陽工業大学構内
（1995・9・11号）
31　米国ロサンゼルス市南カリフォルニア大学
（1995・10・9号）
31　ストリートビューで確かめる漫画の間違い
（1995・10・9号）

Ⅲ　旅の備忘録

11　中国陝西省西安市西門付近城壁
12　中国四川省成都市錦江（府河）
13　中国遼寧省瀋陽市故宮大政殿
14　シンガポール・セントーサ島
15　オーストラリア・パース市西オーストラリア大学
16　ギリシャ・アテネ市アクロポリスのパルテノン神殿
17　トルコ首都イスタンブール・トプカプ宮殿
18　米国シアトル市エリオット湾
19　イタリア・フィレンツェ市シニョリーア広場
20　キプロス共和国パフォス市
21　ギリシャ・アテネ市アクロポリスの丘
22　英国バース市バース寺院
23　中国嘉峪関市嘉峪関懸壁長城
24　中国哈密雅丹（魔鬼城）

Ⅳ　カード画画廊

1　中国北京市八達嶺万里の長城
2　中国陝西省延安市
3　中国陝西省西安市街角
4　中国河南省洛陽市街角
5　中国河南省洛陽市の朝
6　中国河南省鞏義市鞏縣宋陵
7　中国北京市内の民家

28　長崎市福済寺長崎観音
29　長崎市浦上天主堂
30　花巻市台温泉
31　高山市の古い町並みのネット散策
32　高山市飛騨民俗村
33　カナダ・カナディアン・ロッキー
34　鹿児島市ザビエル教会
35　中国・四川省楽山市楽山大仏
36　ギリシャ・アテネ市アクロポリスの丘
37　イタリア・ベネチア市サン・マルコ広場
38　スペイン・マドリッド市スペイン広場
39　中国遼寧省大連市大連中山大酒店
40　イタリア・サルディーニャ島ノーラの遺跡

V　表紙・挿絵

1　札幌市北大構内札幌農学校第二農場
2　中国北京市八達嶺長城
3　中国北京市天壇
4　中国陝西省延安市
5　中国北京市天壇公園皇穹宇
6　インドネシア・ジャカルタ市内
7　中国上海市南京路
8　中国遼寧省瀋陽市故宮鳳凰楼
9　エジプト・ギザの大ピラミッド

9　エジプト・ギザの大ピラミッドのネット徘徊
10　イタリア首都ローマ・パルティーノの丘
11　中国甘粛省敦煌鳴沙山
12　中国吉林省長春市街角
13　韓国大田広域市　Expo 公園
14　韓国大田広域市儒城（ユソン）
15　中国黒龍江省ハルビン駅
16　中国遼寧省大連市大連駅
17　札幌市北海道大学構内楡影寮記念碑
18　スケッチ集表紙と新聞連載記事中の挿絵
19　中国長春市でのスケッチ展

都市秘境 100 選ブログ記事（2021・5・17）

空撮に　激光彫刻や　チャイナ技

朝は雨で散歩に出掛けず。その後晴れたので庭で空撮。北科大の三橋龍一教授が新しく購入したレーザー彫刻機で筆者のベッキオ橋のスケッチをコルクコースターに彫り、その画像が送られてきた。これを「私の中の歴史　サッポロバレーを育てて」のページと共に今日の空撮写真の天空部分に貼りつける。この装置使えそうだ。

1　スケッチ集「私の年賀画廊」の1ページ目「万里の長城」

(スケッチ 1978・4・22、空撮 2021・3・7)

文革の　嵐の去りて　長城(しろ)を見る

スケッチ集を出版し、文革終息間もない1978年の中国旅行で長城を見物した時に描いたスケッチを１ページ目に載せる。スケッチ集をリターン（返礼品）にしたクラウドファンディングで本爪句集出版を考えて、ページを空撮写真の空に貼り付ける。

2 札幌市北海道大学
農学部

(スケッチ 1978、空撮・絵笛駅上空 2019・12・29)

素人絵　紙面を飾り　農学部

新聞社からスケッチを依頼された。これは今もって何かの行き違いだろうと思っている。ただ、当時は詳しく経緯を尋ねて依頼が取り消されてはと、求めに応じて北大構内を何枚か描いた。スケッチは1978年8月27日の毎日新聞(道内版)に載る。

3　札幌市北大構内札幌農学校第2農場牧牛舎

（スケッチ 1978、空撮 2020・3・15）

北大の　観光資源　モデル・バーン

北大構内にある札幌農学校第２農場に保存されている牧牛舎をスケッチしている。スケッチは1987年11月12日に毎日新聞（道内版）に掲載された。この第２農場はクラーク博士の計画を博士の後継者のブルックス教授が完成させた模範家畜房である。

4　北海道を代表する景勝スポットの洞爺湖と羊蹄山

（スケッチ 1979・7・6、空撮 2021・3・16）

年経ても　変わらぬ姿　山と湖（うみ）

北大工学部電気工学科の学生の見学旅行で洞爺湖温泉街の宿に泊まる。湖畔に出てスケッチで、湖の北に標高 1898m の羊蹄山が見える。スケッチの右端に描かれているのが湖中にある中島で、遊覧船も見えている。遊覧船に乗った記憶は無い。

5 米国サンフランシスコ市 サンフランシスコ湾

(スケッチ 1980・3・15、空撮 2021・3・16)

湾描(か)けば　教会顔出す　坂の街

マイクロコンピュータの展示会を視察するため大雪の札幌を発ってサンフランシスコに行く。展示会の合間に、坂があることで有名な同市をケーブルカーで巡り、適当な場所でスケッチした。サンフランシスコ湾を見下ろしながら教会を入れて描いた。

5 サンフランシスコ市
聖ピーター&ポール教会

四十年（よとせ）の　時経て見つけ　絵の教会

サンフランシスコ湾の遠景を描いたスケッチにツインの塔のある教会が描かれている。この教会がどこなのか Google ストリートビューで探してみる。坂があり、湾の見えるところにあるスケッチに似た建物として聖ピーター&ポール教会を見つける。

6 北見市佐呂間町 サロマ湖

(スケッチ1980・5・2、空撮2020・3・17)

サロマ湖や　湖氷描(えが)かれ　絵に白く

5月の上旬にサロマ湖畔で1泊している。旅行の目的も宿泊した場所も記録に残っていない。ただ、その折描いたスケッチの湖面には湖氷があったと記されていて、絵の湖面の白い部分は湖氷を表現しているようだ。寒かった事も記録されている。

7 中国湖北省武漢市 武漢長江

（スケッチ 1981・10・29、空撮 2021・2・27）

長江は 川波(なみ)岸に寄せ 海なりや

長江を挟んで広がる武漢市は漢口、漢陽、武昌の三市街区から構成されている。武昌にある中国科学院物理所を訪問した時、投宿したホテルは漢口の「勝利飯店」だった。ホテルから東に歩いていくと長江に出て、岸の船着き場を見てスケッチした。

8　中国北京市頤和園（いわ）

（スケッチ 1981・11・4、空撮 2021・2・26）

霜月や　薄氷（うすごおり）張り　昆明湖

頤和園は北京市の北西部にある庭園公園で、夏の宮殿の呼称もあった。宮廷の水源確保のため湖を掘削し、掘り出した土で山を築いた。湖は昆明湖、山は万寿山と名付けられた。スケッチした時は11月に入っていて、昆明湖には薄氷が張っていた。

8 ストリートビューで巡る頤和園

(空撮 2021・2・9)

描(か)いた場所　見つけられずに　仏香閣(ふっこうかく)

頤和園のスケッチに描かれているのは万寿山の仏香閣で、高い場所で昆明湖を見下ろすようにして描いている。その場所がどこかGoogleストリートビューで探そうとするのだがデータが不十分である。仏香閣の遠景を見るぐらいしか出来なかった。

9　インドネシア・ジョクジャカルタ特別州プランバナン寺院遺跡

（スケッチ 1982・3・22、空撮 2021・3・13）

スケッチは　小さき祠堂（しどう）　お茶濁し

　インドネシアのジャワ島中央部の南にジョクジャカルタ特別州があり、州都の東 14km のところにプランバナン寺院群の遺跡がある。ヒンズー教の寺院で高いピラミッドの尖塔を有する大建築物の祠堂が並ぶ。スケッチには描き易い小さな祠堂を選ぶ。

9 世界遺産登録前に訪れた プランバナン寺院遺跡

スケッチ時
観光客（きゃく）影無くて
石工（いしく）のみ

仕事の合間に見て来た場所が後に世界遺産に登録された例がある。その1例がプランバナン寺院遺跡で、訪問後約10年経ってから登録となる。世界遺産に登録されると観光客も多くなりGoogleのストリートビューで見ると多くの人の姿が写っている。

10 中国福建省福州市西湖

（スケッチ 1982・9・19、空撮 2021・3・13）

微電脳　福州市にて　事始め

第１回目の中国微電脳（マイクロコンピュータ）応用学術会議出席のため福州市を訪問した。宿泊したホテルは西湖賓館で西湖に接したように建てられていた。早朝西湖の岸を散歩して、小舟を漕いで網で魚を取っているのを見てスケッチした。

11　中国湖北省武漢市
東湖

(スケッチ 1983・8・11、空撮 2020・8・25)

東湖（ここ）で知る　屈原ルーツ　粽（ちまき）かな

杭州の西湖では蘇堤を築いたと言われる詩人の蘇東坡や白堤の白居易が語られる。対して武漢の東湖では詩人の屈原である。国の行く末を憂いてこの湖に身を投じたと伝えられていて、岸辺に屈原を偲んで建てられた行吟閣や屈原記念館がある。

12 中国ハルビン市 黒竜江省博物館

(スケッチ 1984・7・16、空撮 2020・11・16)

入館の　機会を逃がし　博物館

ハルビン市で目に留まった特徴のある建物をスケッチする。黒竜江省博物館である。博物館の位置をGoogle地図で調べると、ハルピン駅から南東方向に延びる紅軍街と西大直街の交差点のロータリーに面してある。入館する時間はなく館内は見ていない。

13 中国吉林省長春市
南湖公園

(スケッチ 1985・8・10、空撮 2021・3・7)

南湖描(か)き　四阿(あずまや)見つけ　衛星(ほし)写真

長春市に滞在した時、宿泊したのは南湖の傍にある南湖賓館だった。南湖に近いので早朝賓館から南湖まで歩いて行き、適当な場所で白黒のスケッチをした。スケッチに湖中の4個の四阿と石橋が描かれているけれどGoogle衛星写真にも写っている。

14 米国サンアントニオ市 リバーウォーク近くの教会

（スケッチ 1985・11・6、空撮 2020・11・7）

下手な絵が 旅行の記録 水辺都市

米国先端産業集積地調査団に加わってアメリカ各地を訪問した事を記録に残そうと、走り描きの教会の下手なスケッチを年賀状に印刷した。サンアントニオ市の水辺の散策路近くにあった教会で、ストリートビューで St Joseph Parish 教会と知る。

15 カナダ・ハリファックス市 ダルハウジー大学

（スケッチ 1986・7・16、空撮 2021・3・20）

泊まりたる　学府施設や　ダルハウジー

カナダの東端にノバスコシア州があり州都はハリファックス市である。同市には五角形の要塞があり港町でもあるので、五稜郭を擁した函館と姉妹都市になっている。同市にはカナダ屈指の大学であるダルハウジー大学があり学会参加時に宿泊した。

16 中国吉林省白頭山 天池の滝

（スケッチ 1986・8・1、空撮 2020・3・30）

天池から　流れ出す川水（みず）　滝で落ち

中国と朝鮮民主主義人民共和国の国境に沿って長白山脈が連なっており、山脈には2744mの活火山白頭山がある。山頂にカルデラ湖があり天池と呼ばれ、湖から流れ出した川水が滝となって落下している。天池の滝で、時間の無い中これを写し取った。

16 温泉施設のある白頭山天池の滝

(写真撮影1986·8·1)

日中の 温泉イメージ 天地の差

白頭山の天池を見に行った時、天池の麓に温泉があると聞かされ少し期待した。しかし、日本の温泉のイメージとは天地の差があって、個室の浴槽の温泉に浸かるだけだった。写真に撮った石造りの建屋が温泉施設で、遠くに天池の滝が写っている。

17 中国河北省秦皇島市 山海関長城

（スケッチ 1987・6・13、空撮 2021・3・13）

ゲストの身　接待役に　気兼ね描（か）き

秦皇島市にある燕山大学を訪問した時、同市の山海関長城に連れていってもらった。ゲストの身でスケッチする時間がとれない状況である。同行の先生達を待たせて何とか１枚描いた記憶がある。長城の東の端は修復され、行楽地になっていた。

17 秦皇島市山海関長城周辺のネット散策

描(か)いた場所　ネットで探し　徒労なり

山海関長城を見学した時スケッチを描いた場所をネットで調べようとする。ネットにある全球パノラマ写真を見るのだが、枚数が少ないので描いた場所の同定ができず。海に突き出した長城の楼の上から描いたような記憶も今となってはぼやけている。

18　カナダ・ケベック市
シャトー・フロンテナック

（スケッチ 1987・8・22、空撮 2020・11・25）

描(えが)き取る　ケベックの夏　シャトーかな

　カナダ・ケベック州の州都ケベック市は北米内で最も古い歴史を持ち、世界遺産に登録された城郭都市である。シタデル（要塞）のある場所からシャトー（城）を模した建物のホテルを描く。この地のラバル大学に留学した時、何度も見た景観である。

18 セントローレンス河を見下ろす シャトー・フロンテナック

緑青の　絵の城屋根や　葺(ふ)き直し

Google ストリートビューでシャトー・フロンテナックの周辺を歩く。建物はセントローレンス河を見下ろすように建っていて、建物横のテラスから船着き場の船を見る。シャトーの屋根はスケッチでは緑青色なのが、写真では新しく葺き換えられている。

19　台湾花蓮市太魯閣（たろこ）合流

（スケッチ 1988・12・14、空撮 2021・3・15）

凡景の　合流の地や　太魯閣かな

　台湾の東北部に花蓮市があり、大理石やその加工品の産地でもある。その大理石の峡谷の観光名所に太魯閣峡谷がある。太魯閣観光で絶景の峡谷を描きたかったけれど、時間の都合もあり、合流と記された平凡な景観を描いたスケッチが残された。

20 米国サンタバーバラ市
スターンズ波止場

(スケッチ 1989·9·18、空撮 2020·11·7)

海遊び　紙に写して　波止場かな

米国カリフォルニア州サンタバーバラ市のホテルで開催された音響映像法の学会に出席した。その時ホテルから歩いてスターンズ波止場近くまで行き、海に突き出した桟橋を見て描く。桟橋の上にレストランや商店が並ぶ観光地である。

21　北海道興部（おこっぺ）町沙留の港

（スケッチ 1990・8・9、空撮 2021・2・3）

オホーツク路（じ）　自転車転倒　休み描き

30年以上も昔、折りたたみ自転車を列車に乗せ音威子府村で下車。この北海道一小さな村から浜頓別―興部―遠軽とペダルを漕ぐ。途中娘と合流してクッチャロ湖のキャンピングサイトに泊まる。翌日興部町で自転車が転倒し、砂浜で休息時に1枚描く。

22 中国上海市のホテルの窓から

（スケッチ 1990・9・14、空撮 2020・11・6、）

帰札時に　上海の街　メモ絵かな

瀋陽市にある瀋陽工業大学に日本語で工学の勉強をする学生や先生達の役に立つようにと「大志文庫」を開設するため同大学に出向いた。その帰路上海で宿泊したホテルの窓から、街を見下ろして短時間で描いたスケッチを年賀画廊として印刷した。

23 ドイツ・デュッセルドルフ 市庁舎前マルクト広場

（スケッチ 1991・4・7、空撮 2021・2・8）

市庁舎を　描(えが)く根気や　今や無し

　ドイツのボーフムにあるルール大学での学会出席の折り、ライン河畔のデュッセルドルフを訪れた。観光スポットの旧市街にある市庁舎前のマルクト広場でベルク公ヨハン・ウィルヘルム２世の騎馬像も入れて市庁舎の建物をスケッチしている。

24 米国サンタバーバラ郡
ゴレタビーチ

（スケッチ 1991・8・11、空撮 2020・8・22）

海遊び　楽しむ人居て　ゴレタ浜

大学の夏休みになるとカリフォルニア大学サンタバーバラ校（UCSB）に充電のため出張していた時期があった。構内が海岸につながっていて環境の優れた大学である。大学の東側にゴレタビーチがあり海遊びを楽しんでいる人々を見て桟橋の上から描く。

25 米国カリフォルニア州 サンタバーバラ郡役所

（スケッチ1992・8・14、空撮2021・1・21）

白壁の　コロニアル風 郡役所

　サンタバーバラ市の都心部を衛星写真で上から見ると赤屋根が目立つ。衛星写真では見えない壁は白く、コロニアル風の建物である。その代表的建物の郡役所を描く。サンタバーバラは観光地であり、ダウンタウンには洒落た店や建物が並んでいる。

25　30年前と同じ
サンタバーバラ郡役所

三十年後（みとせご）　建屋椰子の木　変わりなし

サンタバーバラ郡役所は時計塔のある建物で、Google ストリートビューでスケッチと同じ建物と場所を容易に見つけられる。スケッチの時から30年も経っているのに、庭に植えられている椰子の木は変わっていないようで、これには少しばかり驚く。

26 中国河北省秦皇島市 北戴河（ほくたいが）の海辺

（スケッチ 1992・9・27、空撮 2020・12・21）

再訪は　叶わぬと描（か）く　北戴河

日本（札幌）側と中国（瀋陽）側が交互に幹事役となり国際学会を開いていた時期があった。その第5回目は会場が中国屈指の保養地秦皇島市の北戴河にあるホテルで、ホテル近くの海辺でスケッチした。中国要人の保養地は規制が厳しかった。

27 中国新疆自治区 ボゴダ山新疆天池

（スケッチ1993・5・13、空撮2021・2・7）

急ぎ描く　青き天池と　雪の峰

新疆ウイグル自治区の首府ウルムチの東にボゴダ山（峰）がある。天山山脈の一部で、標高は5445m。山の麓に新疆天池と称される湖があり新疆大学の先生に連れていってもらった。天池の向こうに雪を頂くボゴダ山を望み短時間でスケッチした。

28 カナダ・カナディアン ロッキーの町キャンモア

（スケッチ 1993・8・6、空撮 2020・12・10）

キャンモアや　巨大山塊　写し取り

　カナダ・サスカトゥーン市にあるサスカッチワン大学に北大同期生の高谷邦夫教授が勤務されており、同教授一家とカナディアン・ロッキーのドライブに行く。途中キャンモアの町で一泊した翌朝、迫ってくる巨大な山塊を小さな紙片に描き取った。

28 ストリートビューで探すスケッチのカナディアンロッキー

スケッチの　山塊求め　PCドライブ

カナディアン・ロッキーを望んでスケッチしたキャンモアの町をGoogleストリートビューで移動しながら、スケッチの山塊と一致する場所を探す。30年近くも経っていると町の様子は変わっているが、山並みの方はスケッチと一致する。

29 メキシコ・オアハカ市 モンテアルバン遺跡

（スケッチ 1994・4・5、空撮 2021・1・17）

陽の強く　空気薄くて　遺跡描（か）く

オアハカ市はメキシコ南シエラマドレ山脈の標高1500mの高地に位置していて、世界遺産にも登録されたモンテアルバンの遺跡がある。広い広場を囲むように宮殿跡があり、広場の中央にも大神殿跡がある。遺跡の一角に座ってこの景観を描き取る。

30 オーストラリア・アデレード市中央郵便局

(スケッチ 1994・4・19、空撮 2021・1・17)

この局舎　届くことなく　年賀状

　南オーストラリアのアデレード市で行われた国際学会に出席の折り、同市の市内で人目を惹く建物をスケッチする。時計塔のある石造りの格調の高い建物で、後で中央郵便局であるのを知る。スケッチは1995年の年賀状に年賀画廊30として印刷した。

31　米国カリフォルニア州とネバダ州に跨るタホ湖

（スケッチ 1995・8・13、空撮 2021・1・24）

湖水浴　楽しむ人や　タホ湖かな

ロスアンゼルスでの学会に出席した折り、カリフォルニア州とネバダ州に跨るサウスレイクタホ市まで足を延ばし、タホ湖でスケッチする。訪れたのが夏で湖水浴客の姿があった。同市内の道路が州の境界でギャンブル合法・非合法境界線でもある。

32 イタリア・フローレンス・アルノ川のベッキオ橋

(スケッチ 1995・9・6、空撮 2021・1・2)

手を使い　記憶に固定　ベッキオ橋

Acoustical Imaging の学会があり、初回から関係し参加していた。1995 年はイタリアのフローレンスで開催され、妻と一緒に旅行した。アルノ川に架かるベッキオ橋を川岸からスケッチする。この橋の上には貴金属を売る商店が軒を並べている。

33 ギリシャ・ロードス(Rodos)島の港

(スケッチ 1996・10・12、空撮 2021・1・6)

七不思議　いかなる景観　巨人像

ICECS'96 の学会が 1996 年 10 月にギリシャのロードス島で開催され出席。ロードスの港には世界 7 不思議の一つと言われている青銅の巨人像がかつて港を跨いでいたと伝えられている。同島の古代都市、リンドス、イアリソスにも足を運ぶ。

33 ギリシャ・ロードス島 マンドラキ港

描いた場所
見つけ出したり
防波堤

地図を見るとギリシャが島々で構成された国と実感する。同国４番目に大きなロードス島はトルコに接して位置する。ロードス島の北端にマンドラキ港があり、防波堤から港をスケッチしている。Googleストリートビューでスケッチ場所を見つけ出す。

34 トルコ共和国イスタンブール・アヤソフィア

(スケッチ 1996・10・19、空撮 2021・1・13)

博物館　モスクに回帰　アヤソフィア

アヤソフィア大聖堂は東ローマ帝国時代に建立されたギリシャ正教の本山寺である。スケッチにも描いている大ドームの内部はドームを支える巨大な柱と共に圧巻である。見学当時は博物館として開放されていたが、2020 年にモスクへ回帰した。

35 シンガポール・セントーサ島の巨大マーライオン像

（スケッチ 1997・9・11、空撮 2021・1・20）

がっかり感　ぬぐい去るかな　巨大像

世界三大がっかりスポットというのがあってシンガポールの象徴のマーライオンが入る。マリーナ・ベイにあるマーライオン像は小さいのでがっかり度が高くなる。セントーサ島にある像は高さが37mあり、像の内部に入り口から景観を一望できる。

36 エジプト・サッカラの階段ピラミッド

（スケッチ 1997・12・16、空撮 2021・1・19）

王の墓　建造史見る　墳墓の地

ルクソールでのテロ事件後、観光客が激減の時学会出席でエジプトを旅行した。カイロから南に30km のところに古代の埋葬地サッカラがあり、階段ピラミッドを見学する。名前の通り階段状に石が積み上げられた、ジェセル王のピラミッドである。

36 修復中のサッカラの階段ピラミッド

スケッチに　無き足場あり　修復中

　ストリートビューでサッカラの階段ピラミッドの周囲の写真を見るけれど、スケッチした場所はわからない。スケッチにはない足場がピラミッドの上に組まれていて修復中である。修復は 2020 年 3 月に終わりピラミッド公開再開の記事をネットで見る。

37 カナダ・ビクトリア市 BC議事堂

（スケッチ 1998・5・13、空撮・西美唄 2020・4・17）

日の出空　議事堂見えて　西美唄

カナダ・ブリティシュコロンビア州の最大都市はバンクーバーである。同州の州都は海峡を隔てたビクトリア市である。アメリアのシアトル市からもフェリーで１日の観光に行ける。港に接して象徴的なネオバロック様式の州議事堂の建物が見える。

37 カナダ・ビクトリア市
ベルヒル・ストリート

時空超え
技術の進歩
自宅旅

インターネットを利用して過去に旅行した地を再訪する自宅旅を続けている。ビクトリア市の船着き場付近でスケッチしており、議事堂を描いた場所がベルヒル・ストリートであるのを再発見し、Google ストリートビューで行ったり来たりする。

38　中国北京市
八達嶺長城

(スケッチ 1998・10・16、空撮 2021・3・4)

長城の　造り伝えて　塞内外（さいないかい）

海外の観光名所で１番多く訪れているのは北京市内の故宮と郊外にある八達嶺の長城ではなかろうか。以前北京に行く機会があれば観光でこの２か所に連れていかれた。スケッチは長城から塞外の反対側に下りたところで長城を見上げて描いた。

38 長城のパノラマ写真撮影の夢

再訪夢　パノラマ撮りて　長城（しろ）歩き

　長城の写真に全球パノラマ写真をつなぎあわせたGoogleストリートビューらしきものがある。その写真とスケッチを並べる。この齢ではもう叶わぬ夢のように思えるが、長城を再訪したら自分で全球パノラマ写真を撮ってみたいものだと思っている。

39 ギリシャ・クレタ島 クノッソス宮殿跡

（スケッチ 1999・9・9、空撮 2021・1・6）

丑年（うしどし）や 牛頭人身 神話考

キプロス共和国 Pafos で開催された ICECS'99 に出席の途中、ギリシャのクレタ島の Heraklion にあるクノッソス宮殿跡を訪れる。ミーノース王が牛頭人身のミーノータロウスの怪獣を閉じ込めた宮殿とギリシャ神話で伝えられている遺跡である。

39 ストリートビューで探す クノッソス宮殿跡

（空撮 2021・1・24）

円柱や　朱色が目立ち　宮殿址

　ストリートビューでクノッソス宮殿跡を巡ってみようとしても、遺跡の周囲の大きな通りしか表示されない。遺跡はスチール写真しか見つからない。見つけた写真はスケッチで描いた円柱が一部残った宮殿跡を、スケッチとは別方向から写している。

40 デンマーク・ヘルシンガーの クロンボー城

(スケッチ 1999・9・12、空撮 2021・1・7)

思い出す　ハムレットの城　ヘルシンガー

デンマークの首都コペンハーゲンはバルト海の入り口に位置する島にある。学会出席時に首都と同じ島にあるヘルシンガーに宿泊し、ホテルから歩いてハムレットの舞台となったと言われているクロンボー城を見学。地下に巨人ダンクスの像がある。

41 英国ロンドン市 バッキンガム宮殿

（スケッチ 2000・3・24、空撮 2021・3・12）

対称が　英国美かと　描（か）きてみる

バッキンガム宮殿の正面をスケッチしている。スケッチの場所をストリートビューで確かめる。ビクトリア女王の記念碑のある広場から描いていて、ライオンの傍に立つ人物の彫刻の背後から宮殿を見る角度の絵になっている。広場には人が多い。

42 英領ジブラルタルのザ・ロック(岩山)

(スケッチ 2000・9・22、空撮 2021・1・22)

英領や　岩山(ザ・ロック)海峡(うみ)に　屹立(きつりつ)し

スペインのマルベリーヤでの学会出席の時バスを利用してジブラルタルまで足を延ばす。ザ・ロック（岩）の表現通りの岩山と海峡を見てスケッチ。スペインにある英領なので、2020 年の英国の EU 離脱でこの地をどのように取り扱うかの問題が起きた。

42 英領ジブラルタル岩山のストリートビュー

（空撮 2021・5・2）

岩山や PC再訪 絵の確認

英領ジブラルタルの岩山をスケッチした場所をストリートビュー（SV）で探してみる。多分ここだろうと思われる展望台を見つける。設置された望遠鏡の色がスケッチ時の赤から青に変わっている。SVに写っている猿はスケッチ時には見なかった。

43 石垣島真栄里 マエサトビーチ

（スケッチ 2001・11・9、空撮 2021・1・22）

北の住人（ひと） 南の島で 写生かな

信号処理の研究会出席で石垣島行きとなる。宿泊したホテルの前浜がリゾートビーチになっていて、波除けの防波堤でスケッチした。この原稿を書くのにあたって調べてみると、石垣市真栄里にある通年で楽しめるマエサトビーチのようである。

44 タイ国プーケットのビーチ

(スケッチ 2002・7・17、空撮 2021・3・13)

絵ハガキの　裏に描きたる　ビーチかな

プーケットはアンダマン海に面した島で、タイの屈指の観光リゾート地である。ここで行われた学会に出席し、ビーチを描いたスケッチが残っている。絵ハガキの裏に描かれていて、絵ハガキの写真はプーケットのカタ・ビーチで宿泊した場所らしい。

45 英国ロンドン国立美術館前

（スケッチ 2003・4・12、空撮 2020・12・4）

描く行為　歴史の巨匠　我同じ

　ロンドン市を蛇行して流れるテムズ川の西側にトラファルガー広場があり、広場の北側にロンドン国立美術館がある。トラファルガー広場から美術館正面を見てスケッチしている。手前に騎馬像の彫刻が描かれていて、国王ジョージ４世の像である。

45 時間をかけて回る
ロンドン国立美術館の周囲

時間かけ
描（えが）いた場所を
ネット歩き

旅行先でのスケッチでは描くのに割く時間と上手く描けるかに気を取られ、スケッチの場所をよく見る事が出来ない難点がある。その点、Google ストリートビューでは時間や周囲を気にしなくてもよく、国立美術館を初めて訪れたように見て回る。

46 中国甘粛省敦煌・玉門関

(スケッチ 2004・9・3、空撮 2021・1・10)

絹の道 繁栄跡や 玉門関

蘭州交通大学を訪問した時、敦煌まで足を延ばす。かつてシルクロードの重要な関所であった玉門関の遺跡は敦煌市の北西約 90Km のところにある。訪問した時には他に観光客が居らず、周囲の目を気にせずに鉄柵で囲まれた遺跡をスケッチした。

46 スケッチと写真のみが残る玉門関

（空撮 2018･5･4）

玉門関　記念品無く　絵と写真

画文集『旅の備忘録…海外編』にスケッチに描いた玉門関の写真がある。説明文には模造品らしい発掘品（盗掘品？）を格安で売るので買わないかと露天商とのやり取りが書かれている。買わなかったけれど買っていれば話のネタにはなったろう。

47 中国甘粛省敦煌市 莫高窟

(スケッチ 2004・9・4、空撮 2020・10・3)

シンボルの　建屋描き取り　莫高窟（ばっこうくつ）

世界文化遺産に登録されている敦煌の莫高窟を一度は見てみたいものだと思っていてこれが実現した。莫高窟の仏像壁画を駆け足で見て、回りその膨大な量に圧倒された。時間の制約のある中、莫高窟のシンボルの７層の屋根のある建物を写し取る。

47 ネットでスケッチの場所を探す莫高窟

コロナ禍中　時空を超えて　ネット旅

コロナ禍で札幌の都心部にさえも出掛けないのに、インターネットで一足飛びに世界の名所を見て歩いている。敦煌市莫高窟を再訪し、Google ストリートビューで視点を変えながら、この辺りから描いたのかとスケッチとパノラマ写真を比べてみる。

48 タイ国チェンマイの ワット・チェット・ヨート

(スケッチ2004・11・24、空撮2021・1・9)

壁面の　崩れ仏像　古都語る

タイ北部の古都チェンマイに学会出席のため訪れた時、ワット・チェット・ヨートを見学した。チェンマイの旧市街から少し離れた場所にあり、“七つの尖塔”のある寺の意味で命名されている。崩れかかった仏像のレリーフと塔を紙片に収めた。

49 中国長春市南湖の湖畔散策路

（スケッチ 2005・8・31、空撮 2021・1・4）

歩く人　釣り人も居て　湖畔道

長春市南湖の北西から南東方向に真っ直ぐな道路があり、道路から下りた水際に湖畔の散策路がある。スケッチはその散策路を見て描いている。南湖に沿ってアパート群があり、絵の左奥に高い建物のようなものがある。南湖公園内の記念塔らしい。

50 酸素ボンベ携帯で登った黄龍・五彩池

（スケッチ 2005・10・13、空撮 2021・1・8）

五彩池や　絶景に負け　描（か）き切れず

パンダの故郷の四川省成都を訪れ、成都大熊猫繁育研究基地で生まれたパンダの命名権を獲得し、「曄友（イエヨウ）」と命名。ついでに九塞溝、黄龍を旅行する。黄龍では3500mの高地を酸素ボンベ缶を携帯して登り五彩池の絶景をスケッチする。

51　黒竜江省ハルビン市 ソフィア大聖堂

(スケッチ 2006・7・27、空撮 2021・1・8)

小紙片　描(えが)き取れずに　大聖堂

北海道・黒竜江省友好提携20周年行事に参加して2006年7月ハルビン市を訪問。観光名所の聖ソフィア大聖堂（ソフィア教堂）を見てスケッチ。現在は教会として使われていないが、元々は軍用教会として1907年に建築され1932年に現在の姿になる。

52 オーストラリア・西オーストラリア州パース市

(スケッチ 1995・11・30、空撮 2020・11・1)

画文集　表紙を飾る　パースかな

　パースは西オーストラリア州の州都でスワン川で南北に分かれ、北にダウンタウン、南に郊外の住宅地が広がる。スワン川北側の川岸公園でスケッチする。２次元絵画から疑似的な３次元画像を動画にする研究を行った時、このスケッチを用いた。

52 パース市リバーサイド・ドライブでのPCドライブ

描いた場所　探し出したり　椰子並木

パース市のスワン川北側に沿って延びるリバーサイド・ドライブをGoogleストリートビューで移動してスケッチの場所を探す。スケッチに信号機、道路標識、椰子の木が描かれていて、この3点が揃う場所はビクトリア・アヴェニューとの交差点である。

53　台湾台北市孔子廟「大成殿」

（スケッチ2007・2・28、空撮2020・12・22）

描（えが）くには　手間のかかりて　孔子廟

台北市にある孔子廟の本殿の「大成殿」をスケッチしている。２層の瓦屋根と龍の浮彫のある柱、装飾を施された扉の建物を正面から描くのは手間のかかる作業である。スケッチに気持ちを集中したせいか、孔子廟の他の見所の記憶が残っていない。

53 年賀状に刷り込まれた孔子廟

描(か)き得たか
賀状のスケッチ
孔子廟

年賀状に前年に旅行した場所のスケッチを刷り込んで「年賀画廊」と称して出していた時期があった。2008 年元旦の年賀状のスケッチは台北市の孔子廟である。Google ストリートビューで孔子廟の内に入り込み「大成殿」のスケッチと写真を比べる。

54 ベトナム・ホーチミン市 ベンタイン市場

（スケッチ 2008・1・16、空撮 2021・1・5）

1月や　雪無き首都で　描（えが）きたり

2008 年 1 月、ベトナム・ホーチミン市の IT 企業視察に行く。豆本の爪句集「爪句@札幌＆近郊百景」、「爪句@札幌の花と木と家」、「爪句@都市のデザイン」を出版。都市秘境シリーズ 3 巻目「江別・北広島秘境 100 選」も 2008 年 12 月に日の目を見る。

54 ストリートビューで 1周するベンタイン市場

スケッチが　機関誌飾り　市場かな

ホーチミン市の旧名はサイゴンで、ベトナム戦争後、都市の名称は変更されてもサイゴンの名前はあちらこちらに残る。サイゴン川が街の中心部を蛇行して流れ、川の西にベンタイン市場があり賑わっている。Googleストリートビューで市場を1周する。

55 北海道利尻島

(スケッチ 1988・9・30、空撮・沼田町恵比駅上空 2020・9・21)

島表現 先端技術と 手書きかな

年賀状に印刷したスケッチや他のスケッチを集めた「私の年賀画廊」を出版した(共同文化社、1989年)。その表紙にコンピュータグラフィックスで立体化した利尻島をホログラム印刷したものを貼り付けた。利尻島を眺めスケッチでも描いている。

55 北海道利尻島のCGH作品

(空撮・石狩市石狩川河口 2019・5・19)

立体は　変わらず浮き出　利尻島

スケッチ集の表紙に貼り付けた利尻島のホログラムを多数並べた作品等を展示したCGホログラム個展を開催し、道新夕刊でも取り上げられた（1991・1・25）。会場は札幌のNDA画廊である。画廊オーナーのH氏も奥さんのMさんも故人となった。

1 ドイツ・デュッセルドルフ市
ライン川河畔

(スケッチ1991・4・6、空撮2021・2・11)

三十年後 絵の橋探し ライン川

ドイツ・デュッセルドルフ市のマルクト広場からライン川の河畔に出てスケッチしている。スケッチの右端に橋の一部が描かれていて、マルクト広場から歩いて河畔に出て見える橋はオーバーカッセラー橋とラインクニー橋で絵の橋は前者だろう。

2 中国河北省保定市
河北大学横合作路

（スケッチ 1992・3・20、空撮 2021・3・23）

山査子（さんざし）の　飴売りも居り　学府横

研究室に研究員で留学されていた河北大学の先生の招待で同大学を見学している。しかし、大学構内で記憶に残っているものが無い。その代わり大学横の通りを描いたスケッチが残っていて、道路脇に並んでいた個人商店があった記憶を呼び起こす。

3 イタリア地中海サンタ・マルゲリータ・リグレ

（スケッチ 1992・5・21、空撮 2021・2・13）

確認や　ネットの写真で　描（か）いた場所

イタリア・ジェノバの東で地中海に少し突き出た場所にサンタ・マルゲリータ・リグレがある。海に面した保養地で学会出席で宿泊した。港を囲んで市街地があり、小高い場所に点在する建物を描く。ネットの写真と見比べ描いた場所を確認する。

4 イタリア・ジェノバ市
コロンブスの家

（スケッチ 1992・5・20、空撮 2021・1・27）

家の人 大航海の 立役者

ジェノバ市は昔から海運の要衝の港町で、港を取り囲むように市街地が広がっている。アメリカ大陸発見者のコロンブスの出身地であり、街のいたるところにコロンブス縁のスポットがある。ソプラーナ門の近くにコロンブスの家の史跡がある。

5 米国サンタバーバラ市カリフォルニア大学サンタバーバラ校

（スケッチ 1992・8・1、空撮・三角山頂上 2021・3・11）

学会に 本人行けず 絵が参加

カリフォルニア大学サンタバーバラ校に夏休みになると短期滞在していた時代があった。同大のG.ウェイド教授やH.リー教授を音響映像法の研究で知っていた。同大の構内を描いたスケッチが、1998年同大で開催された学会の論文募集の挿絵になった。

6 中国南京市明孝陵
石像路

（スケッチ 1992・9・13、空撮 2021・1・31）

朱元璋（しゅげんしょう） 眠る陵墓に 石の像

　南京で行われた学会に出席した折り、紫金山の南京石象路まで足を延ばしてスケッチした。明王朝の開祖朱元璋（洪武帝）の墓である明孝陵につながっている道に石像が並んでいる。明王朝は永楽帝の時、北京に遷都し明の十三陵の大きな石像を残す。

Ⅱ　きぼうの虹原画（1993・1・20号）

7 米国ワシントン州シアトル市のダウンタウン

（スケッチ 1992・8・18、空撮 2021・2・22）

絵に描いた　テラスの場所の　跡探し

アメリカのシアトルからカナダのバンクーバーに行くバスに乗るため、パイン街と4番街の交差点にあるコーヒー店のテラスで待つ。軽食を摂りながらスケッチする。Google ストリートビューでテラスの店を探しても30年も経つと様変わりである。

8 イタリア・ローマ円形闘技場 コロッセオ

（スケッチ 1992・5・18、空撮 2021・1・11）

スケッチと 駆け足見学 天秤（はかり）掛け

ローマの旧市街を１日歩いて見学した事がある。先ずはコロッセオで巨大な円形闘技場の遺跡の外観をスケッチした。スケッチに時間を費やしたのでコロッセオに入場していない。旅行では時間をスケッチに使うか見学に充てるか天秤掛けとなる。

9 中国河北省秦皇島市山海関天下第一関

（スケッチ 1992・9・29、空撮 2021・1・15）

スケッチに　天下第一関　額の見え

日中計算機応用に関する学会が秦皇島市燕山大学で行われた時、長城の東の端の老龍頭と山海関の町を見学した。山海関城は燕山の山並みが渤海に迫る要衝の地で長城を守備するために造られた。「天下第一関」の名前が冠せられその扁額が見える。

10　中国ウイグル自治区ウルムチ（烏魯木斉）市新疆大学構内

（スケッチ 1993・5・11、空撮 2021・1・29）

探したり　描（えが）いた湖水　グーグルマップ

切り上げるともう30年にもなる昔、ウルムチ市にある新疆大学を訪問している。大学構内のスケッチに湖が描かれている。グーグルマップで調べると構内にある紅湖らしい。しかし30年も経つと構内に建物が増え、昔の様子は一変しているようだ。

11　中国香港九龍
ネイザン通り

（スケッチ 1993・3・20、空撮 2020・12・2）

二制度や　消え行く看板　三十年（みととせ）後

香港が清から大英帝国に割譲後九龍で造られた道路でネイザン卿の名前がつけられた。道路の両側に軒を連ねるオフィスや商店の看板が道路に張出してきて、香港名物の景観を生み出していた。一国二制度はスケッチから約 30 年後の最近実質消えた。

12 中国新疆ウイグル自治区 トルファン市交河故城

（スケッチ 1993・5・12、空撮 2021・1・24）

トルファンは　暑き場所なり　都市遺跡

中国新疆ウイグル自治区のトルファン市に残されている都市遺跡交河故城を訪れる。柳葉形の台地に築かれた都市の遺跡で、メインストリートとおぼしき道路を登った所でスケッチする。海抜下100m を超す低地にありながら暑い場所だった。

13 カナダ・サスカッツーン市 サスカッチワン大学構内

(スケッチ 1993・8・9、空撮 2021・2・18)

構内を　蚊と戦いて　描(えが)きたり

北大電子工学科の１期生の高谷邦夫君がカナダのサスカッチワン州の州都サスカッツーンにあるサスカッチワン大学の教授であったので同大学に滞在した事がある。大学構内の建物をスケッチしたけれど蚊が多くてスケッチにならない程だった。

14 中国湖北省武漢市武昌

(スケッチ 1992・9・16、空撮 2021・1・25)

物理所で　マイコン講義　三つ昔

2020年1月、新型コロナウイルスの最初の感染地として世界に報道された武漢市は、長江を挟んで街が広がる。武漢三鎮と称される武昌、漢陽、漢口の三地区があり、文教地区のある武昌は長江の東に位置している。スケッチに長江が描かれている。

15 カナダ・バンクーバー市 ガスタウン

（スケッチ 1993・8・12、空撮 2021・1・26）

描（か）いた場所　この辺りかと　グーグル・マップ

カナダ・ケベック州のラバル大学に研究のため家族と共に滞在した時、バンクーバーがカナダ入国の最初の地で思い出深い。後年この街を訪れた時にガスタウンのウオーター・ストリートでスケッチしている。近くに観光スポットの蒸気時計がある。

16 シンガポール・マリーナ センター

（スケッチ 1993・8・18、空撮 2021・1・30）

マーライオン　スケッチ出来ずに　ビルを描く

シンガポールの一大ショッピングセンターのマリーナセンターのホテルで学会が行われた。学会出席の合間に近くのマーライオン公園に行こうとして辿り着けなかった。スケッチの場所は開発が進行していて、今となっては場所の同定ができない。

17 中国ハルビン市学府路沿いの黒竜江大学

（スケッチ 1993・9・19、空撮 2021・1・29）

学府路の　省都大学　絵で記憶

中国とロシアの国境を流れる大河を中国では黒竜江、ロシアではアムール河と呼んでいる。黒竜江省の省都ハルビン市の学府路沿いに黒竜江大学のキャンパスがある。研究室で博士号を取得して帰国した洪海先生を訪ね、同大学を何度か訪れている。

18 中国広西チワン族自治区漓江

（スケッチ 1992・10・2、空撮 2021・3・14）

川下り　描(えが)く暇なく　奇峰かな

広西チワン族自治区を北から南に漓江が流れている。流域にある桂林市から下流の陽朔まで漓江川下りをした事がある。川の両岸に奇峰が次々と現れては消えていく。この天下の絶景を揺れる船の上から形ばかりを小さな紙片に写し取ろうと試みた。

19 米国カリフォルニア州 ラグナビーチ

（スケッチ 1994・3・29、空撮 2020・7・21）

高級感 街に漂い リゾート地

こじんまりとした音響映像法に関する国際学会がロサンゼルス市の近くの高級ビーチ・リゾート都市ラグナビーチのホテルであり参加した。ホテルの近くで描いたと思われるスケッチが残っているけれど、描いた場所がどこであったか記憶にない。

20 メキシコ・テオティワカンの月のピラミッド

(スケッチ 1994・4・2、空撮 2020・4・18)

蘇る　空気の薄さ　陽の強さ

メキシコシティの北東約50Kmのところにある古代都市テオティワカンには太陽のピラミッドと月のピラミッドがある。スケッチしたのは月のピラミッドである。2千mを超える高度での空気の薄さと太陽の直射の中、低い月のピラミッドに登る。

21　メキシコシティ・ソカロのメトロポリタン大聖堂

（スケッチ 1994・4・3、空撮・苫小牧市植苗駅前 2019・12・29）

沈む陽や　聖堂空に　ウトナイ湖

メキシコシティの中心にある広場はソカロと呼ばれている。広場の中央に巨大な国旗が掲揚されていて、ソカロの北にメトロポリタン大聖堂がある。250 年の歳月をかけて建てられ、色々な建築様式が見られる巨大な聖堂を小さなカードに描き取った。

22 オーストラリア・カンガルー島 ドゥ・コウエデック岬の灯台

（スケッチ 1994・4・18、空撮 2021・2・12）

灯台を　衛星地図で　見つけたり

学会出席で南オーストラリア州の州都アデレードに宿泊した時、船でカンガルー島の観光に出掛けた。同島の南西端にドゥ・コウエデック岬があり、休息でバスが停車したわずかな時間で灯台をスケッチ。この灯台をGoogle地図を拡大して確かめた。

23 韓国公州市 鶏龍山甲寺

（スケッチ 1994・7・12、空撮 2021・1・4）

猛暑日や　甲寺（カプサ）描（か）き継ぐ　東鶴寺（トンハクサ）

韓国忠清南道の大田（テジョン）市を訪れた時、同市の西方にある鶏龍山国立公園まで連れていってもらう。同公園には百済時代に創建された古刹甲寺（カプサ）がある。猛暑の中、寺の一画をスケッチする。ここから尼寺の東鶴寺にタクシーで行く。

24 中国西安市
秦始皇兵馬俑坑

（スケッチ 1994・10・20、空撮 2021・1・14）

兵馬俑　近くで描（えが）き　別料金

秦始皇兵馬俑坑は西安市の東 40Km のところにある。秦の始皇帝の陵墓近くで 1974 年農民が偶然に発見している。兵馬俑を覆う大きなドームがあり博物館になっていて、地底から湧き出るような多数の兵馬俑が並んでいるのを目にすると圧巻である。

25 米国ニューオリンズ市 ジャクソン広場

(スケッチ 1994・11・7、空撮 2021・2・9)

音楽の 流れる街や 騎馬像(ぞう)を描く

都市名がフランスのオルレアンに由来するように、この地は最初フランス領だった。ミシシッピー川に面してジャクソン広場があり、米英戦争で合衆国軍を指揮したジャクソン将軍の騎馬像がある。セント・ルイス大聖堂も一緒にして像を描く。

26 米国インディアナ州
パデュー大学構内

(スケッチ 1994・11・10、空撮 2021・2・1)

ノーベル賞　北大との環（わ）　後に知る

インディアナ州の州都インディアナポリスの北西にウェスト・ラファイエットがありここに広大な敷地のパデュー大学がある。構内の建物を寒さに震えながら描く。後で知る事になるが北大のノーベル化学賞受賞者鈴木章教授はこの大学に在籍した。

27 メキシコ・オアハカ市 コロニアル風ホテル

(スケッチ 1994・4・6、空撮 2021・2・2)

中庭が　舞台になりて　祭りかな

メキシコの古代遺跡のあるモンテアルバンを旅行した時、スケッチのコロニアル風ホテルに投宿した。パティオと呼ばれる中庭があり2階の廊下から催し物を見下ろせる。丁度ゲラゲッツアの祭りで、男女ダンサーのグループによる踊りを観賞した。

28 中国陝西省西安市
鐘楼

（スケッチ 1994・10・21、空撮 2021・2・1）

鐘楼や　ここに始まる　絹の道

シルクロードの東の起点であった西安はかつて長安と呼ばれ、周、秦、漢、唐の首都であった。東西に延びる碁盤の目状の道路があり、街の四方は城壁で囲まれている。場内のほぼ中央に時を知らせる鐘楼があり、周囲は人と自転車で混雑していた。

29 中国北京市
故宮天安門広場

（スケッチ 1995・5・8、空撮 2021・2・19）

警官に　質問されて　スケッチ時

　昔、何度か観光で訪れた天安門広場と故宮は近年訪れる機会がない。中国の歴史の舞台になった広場でスケッチしていた時、警官にスケッチの理由と思われる事を質問された記憶がある。今でも広場で絵を描いたりすると注意されるのだろうか。

30 中国遼寧省瀋陽市
瀋陽工業大学構内

(スケッチ 1995・5・12、空撮 2020・5・19)

思い出は　映画も観たり　絵の講堂

瀋陽工業大学（旧瀋陽機電学院）は中国で行った種々のプロジェクトの原点に位置する。北大生協の機関紙「きぼうの虹」に挿絵を載せていて35回続いた。その30回目が同大学の構内を描いたもので、説明文に同大に関する思い出が記されている。

31 米国ロサンゼルス市
南カリフォルニア大学

（スケッチ 1995・8・9、空撮 2020・7・21）

絵に描きて　記憶に残し　名門校

　コンピュータグラフィックスの分野では世界最大の規模の学会と展示会であるSIGGRAPH'95に参加した時宿泊したのがロサンゼルス市内にある南カリフォルニア大学（USC）である。私立の名門校で大学の管理棟を噴水と一緒に描く。

31 ストリートビューで確かめる漫画の間違い

噴水で　漫画間違い　見つけたり

さいとう・たかおの漫画「ゴルゴ 13」の1駒にカリフォルニア大学ロサンゼルス校（UCLA）として描かれていたものを目にした。これは USC の間違いだ。筆者の描いた噴水と管理棟の反対側の建物が漫画に描かれたものであるのをネットで確かめる。

32 米国カリフォルニア州 デンマーク村ソルヴァング

（スケッチ 1995・8・11、空撮 2021・2・21）

これまでに　幾体見たか　人魚姫

カリフォルニア州のサンタバーバラの北西にあって 246 号沿いにデンマーク村のソルヴァングがある。観光地でデンマーク風の建物や街並みが整備され、デンマークの雰囲気を体験できる。有名な人魚姫の複製も置かれていて早朝にスケッチした。

32 ストリートビューで見つけた人魚姫像

自宅にて
思い出旅行
時代なり

空撮写真の天空部分に人魚姫のスケッチを貼り込み、スケッチに描いた人魚姫の像をソルヴァングの街中をストリートビューで探し周る。大きな彫刻でないので見つけるのに手こずりながらアリソルロードとミッションドライブの交差点で発見する。

33 イタリア・フローレンス市サンタ・マリア・デル・フィオーレ大聖堂

（スケッチ 1995・9・4、空撮 2021・2・25）

小紙片　描くに大きく　ドゥオーモかな

教会名の意味が「花の聖母マリア大聖堂」はフローレンス（フィレンツェ）を象徴する建物である。普通にはは「ドゥオーモ（大聖堂）」と呼ばれている大建築物は13世紀の終わりから15世紀にかけて建築された。近くで描くと紙片に収まらない。

34 フランス・パリのコンコルド広場から描いたシャンゼリゼ通り

(スケッチ 1995・9・9、空撮 2021・2・14)

凱旋門　近くに描きて　レ・シャンゼリゼ

パリ市内で最も美しい通りと言われるシャンゼリゼ通りの4時の方向にあるコンコルド広場から描く。手前左に広場にあるオベリスクの一部があり、ここから約 3Km 遠方に凱旋門がありスケッチに描いている。通りの両側にマロニエの並木がある。

35 オーストラリア西オーストラリア州 ナンバン国立公園のピナクルズ砂漠

(スケッチ 1995・11・29、空撮 2021・2・23)

奇景観 時間に追われ 描き取る

西オーストラリア州の州都パース市の近郊にある西オーストラリア大学での学会参加の機会を利用してナンバン国立公園内にあるピナクルズ砂漠を見て短時間で描く。石灰岩の台地が侵食され、突起(ピナクル)状の岩が残って奇景観を呈していた。

36「きぼうの虹」原画集表紙

(空撮・余市町島泊海岸 2018・6・3)

表紙絵を選ぶ　川ある都市の　市民なり

北大生協の機関紙「きぼうの虹」に連載したスケッチ35枚をスケッチ集として1997年に自費出版した。表紙にはデュッセルドルフで描いたライン川の河畔風景を選んだ。札幌市民として豊平川や琴似発寒川に慣れ親しんでいるのも作用している。

1 中国陝西省延安市飛行場

(スケッチ 1978・4・27、空撮 2020・4・6)

ヤオドンや　目に迫りて来て　飛行場

中国に最初に足を運んだのは文化大革命が終息してから間もなくの事で、中国共産党の革命の聖地の延安を訪れた。延安の飛行場で目に飛び込んできたものはヤオドン（洞窟住居）である。山の斜面にヤオドンが並んでいるのをスケッチに収めた。

2 中国陝西省西安市城壁

(スケッチ 1978・4・29、空撮 2020・4・13)

描(えが)きたり　道行く人や　城壁下

西安市には旧市街を囲む長方形の昔の城壁が残っている。文化大革命の混乱期が終わった後で修復もままならないらしく崩れた部分もある。その城壁に登ってスケッチする。朝ホテルを抜け出し散策した時で、城壁の下に朝の日常が広がっていた。

3 米国ハワイ州ホノルル市 ダイアモンドヘッド

(スケッチ 1981・4・8、空撮 2020・5・30)

ワイキキに　遊ぶ日ありて　火山描く

ハワイのホノルルには何度か行っている。行くというよりアメリカやカナダ出張で立ち寄った。リゾート地なので滞在中は海水浴や観光旅行を楽しんだ。家族と共に旅行した地でもある。ワイキキからダイヤモンドヘッドを望んでスケッチを描いた。

4 イタリア・ミラノ大聖堂（ドゥオーモ）

（スケッチ 1992・5・23、空撮 2020・5・20）

白黒で　形伝えて　ドゥオーモかな

世界最大級のゴシック建築を、時間の無い中カード用紙に描き写すのは無理がある。それでも何とか白黒のスケッチが残された。大聖堂内はステンドグラスをはじめきらびやかな色彩で満ちている。大理石の外観は白黒でも雰囲気は伝わりそうだ。

5 米国サンタバーバラ郡 ゴレタビーチ

(スケッチ 1992・8・2、空撮 2020・8・22)

絵と写真　比べ引き出す　記憶糸

夏休みにUCSBに短期間滞在中、大学に近いゴレタビーチを散策してスケッチを描いている。この海岸は波による浸食で崖と砂浜が続いている。娘と息子を呼んでこの海岸を歩いた時の写真にスケッチと同じ光景が写っていて、絵と写真を比べてみる。

6 中国北京市地安門外大街鼓楼と鐘楼

(スケッチ 1992・9・30、空撮 2020・5・19)

絵を頼り　ネット散策　鼓・鐘楼

北京の象徴天安門から北に故宮、景山公園、地安門外大街と直線で進むと鼓楼、鐘楼に至る。スケッチは鼓楼から北にある鐘楼を描いている。充分な動画が揃っていない北京市内のストリートビューで再度の市内散策で、スケッチした場所を確認する。

7 中国北京市天安門広場

(スケッチ 1992・10・1、空撮 2020・10・7)

国慶節　自転車流れ　天安門

中国のモータリゼーションは何年頃始まったのだろうか。1992 年の秋に中国を旅行して天安門広場でスケッチした時は広場には自動車より自転車が多かった。今では考えられない光景である。この自転車の流れをスケッチし、写真と比べてみる。

8　中国広東省広州市
六榕寺

（スケッチ 1992・10・3、空撮 2020・5・20）

金無垢（きんむく）の　仏を描きて　六榕寺（りくようじ）

　広州市の中心部近くにある古刹である。寺の名前にある榕はガジュマルで、境内の榕樹を見た蘇東坡により命名されたと伝えられている。堂内の金メッキの仏像の方は新しく作られたもののようだ。堂内で仏像を描いたのはこの寺の他に記憶がない。

9 カナダ・バンクーバー・ブリティッシュ・コロンビア大学(UBC)

(スケッチ 1993・8・11、空撮 2020・8・23)

小紙片　収めきれずに　時計塔

UBC は見学で何度か訪れた事があるけれど滞在経験がない。しかし海を臨める風光明媚な巨大な敷地のこの大学に短期間でも滞在してみたいとの希望が実現できずに終わった。スケッチは後で調べると The Irving K. Barber Learning Center だった。

10 ストリートビューで見つける UBCの時計塔

見つけたり　高き建物　時計塔

スケッチに描いた建物をストリートビューで探す場合、先ず衛星写真で建物のある場所を探してみる。UBC のような広い構内に建物が散在してある大学では場所を見つけるのに手間取る。スケッチで全体を描き切れなかった建物は時計塔だった。

11 中国陝西省西安市西門付近城壁

古の　絹の道延び　西の方

崩れかけた西安市の城壁に登り最初にスケッチしたのが1978年で、それから16年後に立派に修復された城壁で描いている。西安市城壁は東西南北に城門があり、スケッチは西門となる安定門の上の付近である。古のシルクロードの起点の門となる。

12 中国四川省成都市
錦江（府河）

（スケッチ 1994・10・22、空撮 2020・4・12）

錦江や　三十年昔（みととせ）　絵に残り

成都市を最初に訪れて泊まったホテルは錦江（府河）の近くだった。しかし30年近くも昔の成都市と現在の成都市は随分と変わっていて、スケッチから宿泊した場所を探そうとしても見当がつかない。その後、成都市は何度も訪問する事になった。

13 中国遼寧省瀋陽市 故宮大政殿

（スケッチ 1995・5・11、空撮 2020・8・28）

複雑な　八角形や　大政殿

瀋陽故宮は東（東路）、中央（中路）、西（西路）のブロックに分けられ、このうち東路には大政殿と十王亭がある。大政殿は八角形をした東路の中心的宮殿である。接待役の先生に無理を言って時間を割いてもらい、複雑な構造の建物を描いた。

14 シンガポール・セントーサ島

(スケッチ 1995・7・5、空撮 2021・3・12)

愛嬌の　龍が出迎え　セントーサ島

都市国家シンガポールは観光にも力を入れている。島国で国土が狭く人工的に造られた観光資源を生かしている。セントーサ島は色々なテーマの観光施設を整備した観光の島となっている。ケーブルカーで海を跨ぎ島に入ると龍のオブジェが出迎える。

15 オーストラリア・パース市 西オーストラリア大学

(スケッチ 1995・11・28、空撮 2020・11・25)

描き込まれ　見つけ易くて　学府内

パース市にある西オーストラリア大学で開催された国際学会に出席した折り、学会の会場を抜け出してスケッチをする建物を物色した。通路になった部分とその上のステンドグラスがはめ込まれた建物を描く。ストリートビューの写真と見比べてみる。

16 ギリシャ・アテネ市アクロポリスのパルテノン神殿

(スケッチ 1996・10・10、空撮 2020・10・16)

遺構描(か)き　古代の絵師と　白昼夢

アクロポリスの岩山にあるパルテノン神殿は、東西が長辺の長方形に大理石の柱が配置されている。スケッチは南側から見て描いている。北大工学部の教官 OB の「楡工会」会誌「楡の風」の表紙にスケッチ掲載を依頼されこの絵を載せている。

17　トルコ首都イスタンブール・トプカプ宮殿

（スケッチ 1996・10・17、空撮 2021・3・11）

トプカプや　添え文書きて　意味を知る

　宮殿名のトプは大砲、カプは門の意味で、元々は要塞でもあった宮殿である。大砲は海路の要衝ボスポラス海峡を守っていたのだろう。宮殿は現在は博物館になっていて、スケッチした宮殿の門は博物館の入り口になる。トルコの国旗が描かれている。

18 米国シアトル市
エリオット湾

（スケッチ 1998・5・15、空撮 2020・7・18）

シアトルや　湾の景観　休み描き

シアトル市の歩きの観光はエリオット湾に面したパイク・プレイス・マーケットが良い。魚介類、農産物、手作り品と何でもある。お休み処もあり、コーヒー店に立ち寄り、店内でエリオット湾を見ながらスケッチする。対岸の岬が描かれている。

19 イタリア・フィレンツェ市 シニョリーア広場

（スケッチ 1999・6・10、空撮 2021・3・27）

噴水に　海の神居て　ネプチューン

フィレンツェ共和国の政庁舎（シニョリーア）があったベッキオ宮の前に広場があり、彫刻が並んでいる。ミケランジェロのダビデ像のコピーが置かれている。ネプチューン像のある噴水があったので、これをスケッチする。モノクロで描いてみる。

20 キプロス共和国
パフォス市

(スケッチ 1999・9・7、空撮 2021・3・12)

リゾート地　船は動かず　オフシーズン

キプロス共和国は南のギリシャ系住民と北のトルコ系住民の住む地域に分断され、実質２国家で構成されている。南のパフォス市はリゾート地がつながり、観光客が訪れる。国際学会の開かれたホテルに滞在して、ホテル前のビーチでスケッチした。

21 ギリシャ・アテネ市 アクロポリスの丘

（スケッチ 1999・9・11、空撮 2020・4・14）

岩丘に　遺構のありて　都市国家

アテネ市内を散策していてゼウスの神殿跡に入り込む。神殿の一部の大理石の柱が保存されている緑地である。ここからアクロポリスの丘を見上げてスケッチする。スケッチにアーチの門が描かれている。ストリートビューでこの門を確かめる。

22 英国バース市 バース寺院

(スケッチ 2000・3・22、空撮 2020・5・19)

正面を　描(か)く画力無く　風呂寺院

英国ブリストル市で開催された小規模国際学会に出席した折り、ブリストル市の南西にあるバース市を見学する。市名が風呂の語源ななっていて、ローマ帝国時代にあった浴場の跡を見ることができる。浴場跡に近くにバース寺院がありスケッチする。

23 中国嘉峪関市嘉峪関懸壁長城

(スケッチ 2004・9・1、空撮 2021・3・9)

懸壁（けんぺき）の　名前の如く　天の長城（しろ）

嘉峪関は長城の西端の関城の名前で、懸壁とは天に懸かる壁の意味である。この長城は急な尾根に造られ勾配がきつい。訪れた時は修復工事が終わっていて、長城には登らず長城から離れてスケッチをした。懸壁の名の通り歩けば山登りだったろう。

ハミヤダン

24 中国哈密雅丹
（魔鬼城）

（スケッチ 2004・9・3、空撮 2021・4・1）

魔鬼城と　恐ろし気名の　景色描く

雅丹（ヤダン）とは風食地形のことで、哈密市の西方にこの地形が広がり、魔鬼城と呼ばれている。昼夜の温度差により風の通り抜ける時の音が悪魔の叫び声に聞こえる事から命名された。時間が制限されている中、奇妙な景観をどうにか描く。

1　中国北京市八達嶺　万里の長城

（スケッチ 1978・4・22、空撮 2021・4・10）

気に入らぬ　絵や天空に　数合わせ

空撮全球パノラマ写真を背景に、スケッチを天空に配置する豆本写真集を出版するため、200 枚近くのスケッチを揃えなければならない。最初の中国旅行でスケッチを始めた時、長城での走り描きで、気に入っていないものでも数合わせで採録する。

2 中国陝西省延安市

(スケッチ 1978・4・26、空撮 2021・4・12)

彩色の　絵の場所写真　セピア色

文化大革命が終息して間もない頃の中国旅行は団体旅行しか認められなかった。旅行目的も日中親善を掲げると、中国共産党革命の聖地延安の訪問が組み込まれる。延安の民家らしいところをスケッチしている。撮影写真の方はセピア色に変わった。

3 中国陝西省西安市街角

（スケッチ 1978・4・29、空撮 2020・4・13）

四十年後 絵の景観や 如何にある

団体旅行をしていると見学場所ではスケジュールに追われ、スケッチしている時間的余裕がない。自由になる時間でスケッチする場所は街角だったりする。西安の街を描いた絵が残っているけれど、40年以上も経てばこの景観は変わっているだろう。

4 中国河南省洛陽市街角

（スケッチ 1978・4・30、空撮 2017・5・19）

スケッチに　自転車多く　洛陽市

　文化大革命が終息してからそれほど経っていない1978年に中国を訪れた訪中団の報告書がある。その表紙絵に長城、延安、西安碑林と龍門の大仏がデザインされている。大仏見学のため宿泊した洛陽の街角のスケッチには自転車が多く描かれている。

5 中国河南省洛陽市の朝

（スケッチ1978・5・1、空撮2019・5・4）

洛陽や　豚を描(えが)きて　古都の朝

日中友好の訪中団の日程には洛陽市が組み込まれていた。これは同市にある龍門石窟を見学するためである。洛陽市の朝の景色のスケッチが残っているのに龍門石窟のスケッチはない。多分団体行動でスケッチする時間が取れなかったためだろう。

6 中国河南省鞏義市（きょうぎ）鞏縣宋陵（きょうけん）

（スケッチ 1978・5・2、空撮 2020・5・31）

宋陵や　文武官居て　畑中（はたけなか）

日中友好親善旅行で鞏義市にある鞏縣宋陵を見学した。畑の中に文武官や神獣の石像が並んでいたのにシュール感を持ちながら描いている。宋陵の陵墓がどんなものであったのか記憶にない。一方スケッチを見返していて絵にある光景は記憶に残る。

7 中国北京市内の民家

（スケッチ 1978・5・4、空撮 2018・4・8）

スケッチの 民家消えたか 大北京

手帳のメモを見ると最初の中国旅行で北京から帰国する日の朝、北京市内でスケッチしている。場所がどこかメモも無く記憶にも残っていない。多分前日泊まったホテルの付近だろう。大発展した北京にスケッチの民家はもう残っていないはずだ。

8 函館市函館山

（スケッチ 1978・6・2、空撮 2020・6・1）

マイコンの　集まりのあり　函館山（やま）を描く

白紙カードに走り描きしたスケッチが残っている。日付けと描いた場所が記されているけれど、どんな状況だったのかは絵だけでは分からない。調べてみると函館で開催したマイクロコンピュータ研究会の時のもので、会の方は記録と写真があった。

9 長野市戸隠中社

(スケッチ 1978・10・2、空撮 2021・2・14)

戸隠や　茅葺家屋　夕日中

信州大学は広域大学でキャンパスが松本市や長野市に分散してあり、工学部は長野市にある。その工学部で学会があり、出席の折りに観光地の戸隠まで足を延ばした。宿を取った戸隠中社までバスで行き、バス停の近くで日没が間近な風景を描いた。

9 スケッチ集に残した長野市戸隠中社

四十年（よととせ）や　茅葺家屋　消えにけり

スケッチ集「私の年賀画廊」（共同文化社、1989）に戸隠中社で描いた1枚がある。描いた場所をGoogle ストリートビューで見つけようと試みるけれど、40年以上昔の風景が描いた通りに残っているとは思われない。特に茅葺の家屋は消えたようだ。

10 長野県長野市
戸隠奥社

(スケッチ 1978・10・3、空撮 2020・10・3)

境内と　戸隠山写し取り　小紙片

長野県戸隠山の麓に創建二千年余りに及ぶとされる戸隠神社がある。杉並木の山道を行き、奥社の境内に立つと眼前にそそり立つ戸隠山が迫ってくる。カードの小紙片では境内と戸隠山を一緒に描くのに手こずったけれど、時間をかけ描いてみた。

11 長野市善光寺参道と仁王門

(スケッチ 1978・10・4、空撮 2020・10・22)

参道に 「一茶亭」あり 善光寺

長野市の信州大学で学会があった時、学会を抜け出して善光寺参りをする。参道の両側に店が並び仁王門方向を見てスケッチをする。スケッチの場所をストリートビューで探す。「一条亭」と読める看板が描かれこれは蕎麦屋の「一茶亭」であった。

12 富山県立山町 黒部ダム

(スケッチ 1978・10・4、空撮 2020・10・28)

黒部ダム　望む立山　圧巻景

1978年の10月4日の同日付の善光寺と黒部ダムのスケッチがある。長野市での学会に参加したのを利用して両方の観光地を回ったようだ。順番は記憶にない。黒部ダムではダムサイトから立山連峰を描いたスケッチをストリートビューと比べる。

13 北海道壮瞥町・洞爺湖町・伊達市に跨り大噴火の有珠山

（スケッチ 1979・7・6、空撮 2020・7・18）

大噴火 2年経過の 山を描く

1977 年夏、有珠山が大爆発している。札幌市内にも降灰があり、市内のデパートで自作マイコン展を開催していて憶えている。この大噴火で洞爺湖温泉街から人影が消えた。それから 2 年後温泉街の客の一人になり、湖畔から有珠山を眺めて描いた。

14 北海道洞爺湖町 洞爺湖

(スケッチ 1979・7・7、空撮・様似町親子岩 2019・7・7)

絵と文字の　合わせ技かな　過去に飛ぶ

洞爺湖畔のスケッチがある。日付は分かっても40年以上の昔ではどんな状況で描いたのかは思い出せない。スケッチの日付と同日の手帳のメモを見ると学生の研修旅行で洞爺湖の水明荘に泊まったようだ。旅館の窓から湖畔を見下ろして描いている。

15 北見市常呂町サロマ湖栄浦漁港

（スケッチ 1980・5・3、空撮 2021・2・28）

晴れた朝　自宅天空　漁港見る

40年も昔になると道東のサロマ湖近くに泊まりがけで行った目的が何であったかほとんど憶えていない。仕事でなかったのは確かである。朝宿泊した宿からサロマ湖の船着き場を訪れスケッチをしている。栄浦の漁港のどこであるかも思い出せない。

16 米国サンフランシスコ市カリフォルニア街

（スケッチ 1981・4・5、裏山空撮 2020・4・3）

ケーブルカー　飛び降りて描く　桑港市（そうこうし）

サンフランシスコ市で開催されたウェスト・コースト・コンピュータ・フェア（WCCF）に出席する。マイクロコンピュータの論文発表や展示会の合間にサンフランシスコの街を散策する。ケーブルカーの軌道のあるカリフォルニア街でスケッチする。

16 米国サンフランシスコ市 グレース大聖堂

(1981・4・5)

坂の上
探し出したり
大聖堂

サンフランシスコ市のカリフォルニア街で描いたスケッチに教会が見える。この教会をGoogleストリートビューで探し出す。ノブヒルの頂上にあるグレース大聖堂である。ステンドグラスが見事と紹介されている教会内を見る機会を逸してしまった。

17 中国北京市故宮角楼

（スケッチ 1981・10・24、空撮 2020・4・3）

角楼を　見上げ描（えが）きて　胡同かな

北京の故宮は東西南北に合わせた長方形の敷地にあり、四方を水堀が囲んでいる。故宮の北西の角に角楼があり、これを見てスケッチをしている。角楼の手前に描かれているのは胡同を形成している民家と街路で、観光地となっている場所もある。

18 中国北京市北海公園

(スケッチ 1981・10・24、空撮・奥三角山 2019・10・14)

湖を　海に見立てて　島の白塔(とう)

北京市の故宮の西に北海と呼ばれる湖が北から南に延びて広がっている。湖とその周囲は公園となっている。湖の北にかつて要塞だった島がある。島の中央に永安寺というラマ仏教寺院があり白い仏塔がある。寺の門と仏塔を見てスケッチをする。

19 中国北京市明の十三陵

(スケッチ 1981・10・25、空撮 2019・10・6)

神獣の　駱駝（らくだ）描（えが）きて　明の十三陵（りょう）

明の十三陵を見学して神獣が両側に並ぶ神道から碑亭の方向を見て走り描きする。手前に二瘤駱駝の対の石像がある。ストリートビューで見ると立ち姿と膝をついたそれぞれのペアが居る。時間があればもっと丁寧に描きたかったけれど叶わなかった。

20 インドネシア・ジョグジャカルタ市王宮

(スケッチ 1982・3・22、空撮 2021・3・17)

王宮や　聖木描(えが)かれ　ブリンギン

インドネシアのジャワ島にジョグジャカルタ特別州があり州都がジョグジャカルタ市である。共和国内に地域王室制度が残っていて市内には博物館の王宮がある。王宮のスケッチに大きな木が描かれていて、改めて調べると聖木ブリンギンである。

21 中国浙江省杭州市西湖

（スケッチ 1983・8・14、空撮・室蘭市地球岬 2018・8・12）

思い出す　蘇堤白堤（そていはくてい）　西湖かな

1983 年の 5 月から 8 月にかけての 3 か月弱の間瀋陽工業大学に滞在する。帰国時に日本からの家族と合流し中国各地を旅行した。杭州の西湖も訪れその時のスケッチが 1 枚残っている。西湖の蘇堤白堤は記憶に有ってもスケッチ場所は思い出せない。

22 米国ミシガン州アナーバー市
ミシガン大学時計塔

（スケッチ 1987・5・22、空撮 2020・5・19）

スケッチで　記憶引き出す　名門校

ミシガン大学で行われた学会 IGARSS に出席して発表していてもその記憶がすっぽりと抜け落ちている。同大学の構内で時計塔のある建物をスケッチしている。ミシガン大学の研究者が光ホログラフィーの画期的な研究を行っていて論文を熟読した。

23 中国北京市八達嶺 万里の長城

（スケッチ 1987・6・9、空撮 2018・6・17）

長城や　絵にメモのあり　万里かな

海外出張等のついでに見学し一番多くスケッチを残した場所は万里の長城である。学校で「万里の」と修飾語をつけて習っていたのでスケッチにもそう記している。以後は単に長城の呼び方に変えている。長城は春、夏、秋に訪れて描いている。

24 カナダ・ケベック州サンタンヌ・ド・ボープレ大聖堂

（スケッチ 1987・8・21、空撮 2020・8・22）

留学の　思い出重ね　大聖堂

留学の思い出のあるカナダのケベックを訪れた時、セントローレンス河の中のオルレアン島より対岸のサンタンヌ・ド・ボープレを見てスケッチをした。絵に二つの尖塔を持つ教会が描かれている。これはサンタンヌ・ド・ボープレ大聖堂である。

25 中国北京市 八達嶺長城

（スケッチ 1987・10・1、空撮・小樽市毛無山展望所 2018・10・5）

長城や　北京秋天　昇り龍

1987年の国慶節に中国に貢献した外国人の専門家として北京の人民大会堂に招待される。9月30日は趙紫陽総理主催のパーティーがあり、谷牧国務委員と各国の招待者の記念撮影もある。翌日は八達嶺の長城見学で、付き人を巻いてスケッチをした。

26　ドイツ・ノルトライン・ヴェストファーレン州 ルール大学ボーフム構内

（スケッチ 1991・4・4、空撮 2020・4・12）

助っ人は　衛星写真　場所探し

ドイツのノルトライン・ヴェストファーレン州の州立大学のルール大学ボーフムであった学会に出席した。大学の構内を散策してスケッチした建物を衛星写真から探し、それらしいものを見つける。しかし、真上からの写真で確信が持てなかった。

27 中国上海市人民公園のオブジェ

(スケッチ 1992・9・11、空撮 2021・2・4)

時を超え　ネットで見つけ　絵のオブジェ

学会出席の折り、上海市に宿泊し、早朝ホテル近くの人民公園でオブジェのある場所でスケッチした。それから30年近く経ちスケッチの場所をWeChatで研究室出身者グループに尋ねると、わざわざ現地調査をして発見できずとの回答があった。

28 長崎市福済寺 長崎観音

（スケッチ 1992・10・16、空撮 2020・10・27）

観音像　フーコー振子　有ると知る

多分泊まったホテルの近くを散歩していてこの巨大な観音像を見てスケッチしたのだろう。亀の形をした霊廟の上にあって 18m の高さの像である。ストリートビューで改めて見ると、フーコーの振子の看板がある。これは見損ねてしまい残念である。

29 長崎市浦上天主堂

（スケッチ 1992・10・17、空撮 2020・10・20）

原爆の　記憶残せず　天主堂

カトリック浦上教会と浦上天主堂は長崎への原爆投下で破壊され、現在のものは1959年に再建されている。原爆遺構として残すかどうかで世論が二分した。描いたアングルをストリートビューで探して、この辺りだろうと思えるところで改めて見る。

30 花巻市台温泉

（スケッチ 1992・11・14、空撮 2020・11・25）

瓦屋根 探し出したり 台温泉

盛岡市に出張した時、花巻空港を利用した関係で帰札時に花巻温泉に1泊。秋も深まった温泉宿の周囲をスケッチしている。スケッチに瓦屋根が描かれいて、ストリートビューで調べると写真の旅館が瓦屋根で、多分この旅館の付近を描いている。

31 高山市の古い町並みのネット散策

(スケッチ 1993・3・31、空撮 2021・3・16)

絵の場所を　時空を超えて　探したり

高山市は観光都市であり古い町並みが保存され、観光客相手の店が並んでいる一画がある。多分そのような民家を描いたと思われるスケッチがある。このスケッチの場所を探して高山市内をストリートビューで歩いてみるのだが、発見できなかった。

32 高山市飛騨民俗村

（スケッチ 1993・4・1、空撮 2021・4・8）

三十年（みとせ）で 茅葺屋根の 何代目

高山市を旅行した時、飛騨民俗村に足を延ばしてスケッチを残している。スケッチを頼りにストリートビューで絵の茅葺屋根の民家を探しても、完全にこれだと一致するものを見つけられなかった。30年近くの昔に遡る話なので景観も変わっただろう。

33 カナダ・カナディアン・ロッキー

（スケッチ 1993・8・7、空撮・白老町ポロト湖 2020・7・11）

絵で手繰る　カナディアン・ロッキー　夏の旅

北大電子１期同期のカナダ在住の高谷教授と、日本からカナダ旅行に出掛けた齋藤教授と著者がカナディアン・ロッキー見学のドライブに行く。宿泊したノーデッグのスケッチはあるけれど記憶は飛んでいる。ルイーズ湖は写真もあり記憶に残る。

34 鹿児島市ザビエル教会

(スケッチ 1993・11・14、空撮 2020・11・13)

聖堂は　絵にのみ残り　歴史なり

企業の奨学金に選ばれた大学院生と指導教官が懇親旅行に招待され、九州見学で鹿児島市内に宿泊した。その時描いたザビエル教会をストリートビューで探しても見つからない。スケッチの木造聖堂はコンクリートの聖堂に建て替えられていた。

35 中国・四川省楽山市 楽山大仏

（スケッチ 1994・10・23、空撮 2021・1・18）

巨大仏　目線で顔見　描きたり

四川省楽山市にある高さ 71m の世界最大の大仏は、成都市を訪問した折に数回見学している。大仏は岷江に沿った崖をくり抜いて造られ、崖の上から大仏を見下ろせ、その場所でスケッチしている。崖の上から岷江まで階段があり歩いて降りる。

36 ギリシャ・アテネ市 アクロポリスの丘

（スケッチ 1996・10・11、空撮 2021・1・16）

岩丘に　神殿の見え　写生かな

アテネ市内を歩いて観光で、リカビトスの丘のレストランで一休み。高い場所でアテネ市内を見下ろすと、はるか彼方にアクロポリスの丘が見える。アクロポリスの丘のさらに遠くには海が見えている。レストランのテーブルでスケッチを試みる。

37 イタリア・ベネチア市 サン・マルコ広場

（スケッチ 1999・6・8、空撮・日高町豊郷駅上空 2019・12・28）

サン・ジョルジョ　豊郷駅の　上に見る

干潟を干拓して造られた都市のベネチアはその出自から海に面している。同市の守護聖人サン・マルコの名前が冠せられた広場は近年冠水被害が問題になっている。広場の近くのテーブルで海に浮かぶサン・ジョルジョ島のマジョーレ教会を描く。

38 スペイン・マドリッド市 スペイン広場

（スケッチ 2000・9・18、空撮 2021・3・3）

ドン・キホーテ　旅を続けて　マドリッド

　マドリッドに宿泊したホテルの目の前にスペイン広場があった。広場には騎乗姿のドン・キホーテと傍らにロバに乗ったサンチョ・パンサの銅像がある。広場は世界に知られた物語りの人物を生んだ作家セルバンテスを記念した公園になっている。

39 中国遼寧省大連市
大連中山大酒店

（スケッチ 2008・1・18、空撮 2021・4・2）

大連や　睦月に開く　忘年会

「大連双裕科技発展有限公司」の 2007 年忘年会に招待された事がある。１月になっての忘年会は中国の旧暦の新年が１月末に始まるためである。会社名に「裕」の字があるのは創業者故服部裕之君に因んでいる。泊まったホテルの窓からスケッチする。

40 イタリア・サルディーニャ島 ノーラの遺跡

（全球パノラマ写真撮影 2016・3・3、空撮・赤井川村キロロリゾート 2018・10・5）

写真模写　上手く描けずに　遺跡かな

2016年3月にイタリア人ウィケドウ氏からイタリア語を習っているグループに加わりウィケドウ氏の故郷サルディーニャ島を旅行した。旅行中パノラマ写真撮影に時間を取られたかスケッチが残っていない。パノラマ写真を見てスケッチしても上手く描けない。

1　札幌市北大構内 札幌農学校第二農場

(スケッチ 1978、全球パノラマ写真撮影 2011·9·27、空撮 2019·9·5)

手描きから　パノラマ写真と　時代(とき)の経ち

毎日新聞（1979·1·7）に載ったスケッチがある。北大構内に保存されている札幌農学校第二農場の釜湯と製乳所を描いている。スケッチに日付けはないけれど、依頼されて1978年に描いている。後年スケッチの場所を全球パノラマ写真に撮っている。

2 中国北京市八達嶺長城

（スケッチ 1978・4・22、空撮 2019・4・20）

長城や　絵を描く趣味に　火をつける

初めての中国旅行で訪れた八達嶺の長城で、目にした景観を残しておかねばと持ち合わせのカードにスケッチしてみた。これが契機となり旅行に際してスケッチをするようになった。このスケッチは『続マイコンと私』（1981 年）の挿絵にもした。

3 中国北京市天壇

（スケッチ 1978・4・23、空撮 2020・4・11）

天壇画　挿絵で残り　スキャンする

スケッチの原画は年が経つうちに見つからなくなっているものもある。北京で走り描きした「天壇」のスケッチも見当たらない。このスケッチは最初に中国を訪れた時描いたものである。『マイコンと私』（1979 年）の挿絵をスキャンして再現する。

4 中国陝西省延安市

（スケッチ 1978・4・25、空撮 2018・4・24）

南泥湾（ナニワン）と 延安の絵見 口ずさむ

最初の中国旅行で訪れスケッチした延安市と重なる中国の歌がある。「南泥湾」で歌詞の部分「来到了南泥湾（ライダオラナニワン） 南泥湾好地方（ハオディファン） 好地呀方」は憶えている。南泥湾は共産党革命の聖地延安市の南部の地名である。

5 中国北京市
天壇公園皇穹宇

(スケッチ 1981・10・23、空撮 2020・10・6)

今はもう　実験できずに　回音壁（ホアインビー）

　声学（音響学）の研究に関連して中国の武漢や北京を旅行した。その旅行記「中国声学の旅」が『続々マイコンと私』（紫雲書房、1983 年）に収録されている。その挿絵に北京天壇公園の皇穹宇でスケッチした１枚があり回音壁の解説を書いている。

6 インドネシア・ジャカルタ市内

(スケッチ 1982・3・24、空撮 2019・3・24)

描く場所を　ジャラン・ジャランで　見つけたり

北海道マイクロコンピュータ研究会で開発したマイコン・キットを使い、インドネシア大学でマイコン組み立て講習会を行ったことがある。この時ジャカルタ市内のホテルに宿泊していて、ホテル近くをジャラン・ジャラン（散歩）でスケッチした。

7 中国上海市南京路

（スケッチ 1982・9・27、空撮 2020・7・7）

四十年（よととせ）や　変貌如何に　南京路

約 40 年前に上海を旅行している。南京路を散策していて描いたスケッチを『続々マイコンと私』（1983年）の中国旅行記の挿絵にしている。経済発展した現代の上海しか目にしていない人には、40 年前の上海は想像するのが難しいのではなかろうか。

8 中国遼寧省瀋陽市
故宮鳳凰楼

(スケッチ 1993・9・16、空撮 2021・3・23)

時間無く　形のみ描く　鳳凰楼

　瀋陽市旧市街の一画に瀋陽故宮がある。後金の2人の皇帝ヌルハチとホンタイジの皇居で後金が北京に移って清朝を興してからは清の離宮となった。故宮見学時に時間の制約がある中、宮殿をスケッチする。後で調べると鳳凰楼と呼ばれる楼閣である。

9 エジプト・ギザの大ピラミッド

(スケッチ 1997・12・15、空撮 2021・4・9)

大角錐　形ばかりを　写し描く

カイロでの学会参加時にギザの大ピラミッドを見学する。エジプト旅行の1か月前ルクソールでテロ事件があり、観光客が激減で観光地ギザでのラクダ観光は開店休業状態だった。ピラミッドのスケッチは工学部OB会誌「榿の風」の表紙を飾った。

9 エジプト・ギザの大ピラミッドのネット徘徊

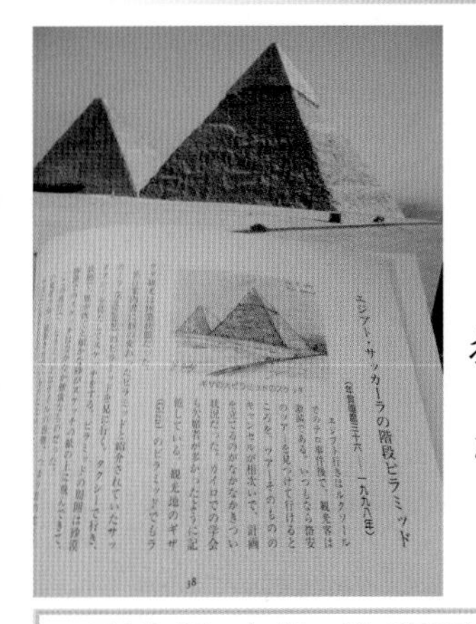

描いた場所
マウス動かし
探したり

画文集『私の卡（カード）画画廊』（2004 年）にギザの大ピラミッドのスケッチを載せている。このスケッチを描いたのと同じアングルでピラミッドを見る場所をストリートビューで探し回る。見つけたスポット写真がほぼスケッチと一致している。

10 イタリア首都ローマ・パルティーノの丘

（スケッチ 1999・6・12、空撮 2020・6・3）

宮殿の　姿の消えて　跡を描く

スケッチの原画にはどこかに紛れ込んでしまっているものがある。ローマのパルティーノの丘でスケッチした1枚も見つからず工学部OB会誌「楡の風」に印刷されたものをスキャンした。場所名は古代ローマのパラティウム（宮殿）に由来する。

11　中国甘粛省敦煌
鳴沙山

（スケッチ2004・9・2、空撮・札幌市テクノパーク2019・9・1）

誕生日　砂山を描き　鳴沙山（めいさざん）

満63歳の誕生日に達した翌年2005年の3月に北大を定年退職した。その63歳の誕生日は敦煌の鳴沙山に居てスケッチしていた。絵には描けなかったが、鳴沙山の麓に月牙泉が見える。スケッチはサッポロバレーと研究室の歴史の著作の挿絵にした。

12 中国吉林省長春市
街角

(スケッチ 2006・1・18、空撮 2021・3・24)

煙突や　冬の暖房　推し量り

「冬の都市フォーラム・冬の見本市」が2006年1月中国長春市で開催され、イベントに組み込まれた会議で講演を行った。その時宿泊した長春市のホテルの窓からスケッチをする。集合住宅に煙突が見え、冬の暖房は燃料を使用しているようだ。

13 韓国大田広域市 Expo公園

（スケッチ 2006・4・18、空撮 2020・4・14）

テジョン(大田)市や 博覧会の 名残描き

韓国大田広域市には韓国科学技術院（KAIST）や韓国電子通信院（ETRI）等の研究所がある。国際博覧会が開かれ Expo 公園が残されている。同市の研究者や IT 関連企業の関係者との交流があり、同市を訪れた。後に同市と札幌市は姉妹都市となった。

14 韓国大田広域市儒城(ユソン)

(スケッチ 2006・4・19、空撮 2020・4・13)

スケッチ展 終え温泉郷 癒し泊

大田広域市の儒城(ユソン)区は温泉郷で、泊まったホテルの窓からビニールハウスが並ぶ田園風景を描く。この旅行では大田広域市の EXPO パークの施設でスケッチ展を行った。金豊民社長を始め IT 企業家の面々の肝いりで花輪が会場に並んだ。

15 中国黒龍江省
ハルビン駅

（スケッチ 2006・7・26、空撮 2020・6・1）

広宣の　横断幕や　大駅舎

北海道と中国黒龍江省が友好提携20周年となり、道知事を団長とした訪中団がハルビンを訪問した。訪中団とは別行動で、研究室で博士号を取得した黒龍江大学の洪海氏が同大で起業し、同社を訪中団が視察するのに合わせてハルビンに滞在した。

16 中国遼寧省大連市 大連駅

（スケッチ 2006・10・25、空撮 2020・10・18）

過去記録　アジア最大　駅舎かな

札幌のIT企業B社が中国の大学卒業生を採用するお手伝いをした事がある。大連市では大連理工大学に足を運んだ。大連で宿泊した時大連駅をスケッチした。駅舎は日本（人）が設計し建てたものである。かつてはアジア最大の駅であった事がある。

17 札幌市北海道大学構内 楡影寮記念碑

(空撮 2021・1・11)

頓挫した　風景社印　見本かな

　頓挫した「風景社印プロジェクト」がある。宣伝を兼ねた社印を作り、その際会社の近くの都市秘境や会社に縁のある場所をデザインしてもらう。見本として自分の「e シルクロード研究工房」は楡影寮記念碑のスケッチのデザインで印を作った。

18 スケッチ集表紙と新聞連載記事中の挿絵

（空撮 2018·9·2）

画集にも　記事にも載せて　ベッキオ橋

A5判より一回り小さなカード用紙に描いたスケッチを集めて2004年に『私の卡（カード）画画廊』を出版した。気に入った1枚を表紙に採録した。このスケッチは北海道新聞の連載記事「私のなかの歴史―サッポロバレーを育てて」にも載せている。

19 中国長春市での スケッチ展

(空撮 2019・1・19)

新聞の　記事にスケッチ　画家となる

2006年1月、長春市でスケッチ展を行った。展覧会会場には横断幕が掲げられ、開会式で展覧会関係者と共に壇上で紹介された。「長春晩報」新聞にスケッチ入り記事としても取り上げられた。記事中「2. X維（次元）絵画」と紹介されている。

あとがき

爪句集シリーズが所期の目標の第50集目に近づいて来た。それに合わせて、北大現役時代の出張の合間や、退職後に描いて来たスケッチをテーマにして、爪句集を1冊出版できないものかと考えていた。しかし、スケッチに関しては既に共同文化社より「私の年賀画廊」(1989)、「旅のスケッチ―『きぼうの虹』原画集」(1997)、「私の卡(カード)画画廊」(2004)、「旅の備忘録…海外編」(2006)を出版している。豆本の爪句集ではサイズの小さなスケッチ集にならざるを得ず、爪句集には不向きなテーマでは、とも思っていた。

ところが空撮パノラマ写真の天空部分に、別撮りの花や野鳥を貼り込んだ第47集「爪句@天空の花と鳥」(2021)を出版してみて、花や野鳥に替えてスケッチを貼り付けたら新しいスタイルのスケッチ集が出版できそうだと思うようになった。

本爪句集の覚え書きにも書いているように、爪句集はネットを介したオンライン・スケッチ展のガイドブックにもなる。スケッチの背景の空撮パノラマ景観は、展覧会場の部屋に見立てる事もできる。爪句集の物理的サイズは小さくとも、QRコードで読み込む全球パノラマ写真の天空部分を、パソコンやスマホ画面で拡大して見ると、大きなスケッチ集として観る事も可能である。

ただ、上記のアイデアは、最初にスケッチがあり、次に日々撮影し処理した全球空撮パノラマ写真と組み合わせているので、スケッチと背景の景観は関係がない。背景の景観は自宅庭や近くの散歩道でドローンを飛ばして撮影したものがほとんどである。一方、遠出した機会を利用して撮影した空撮写真も利用していて、その場合は写真中に空撮場所を日付けと共にメモとして記してある。

オンライン展覧会でも展覧会となれば訪問者が多いに越した事はない。爪句集の原稿は元々著者のブログ（http://hikyou.sakura.ne.jp/v2/）に投稿したものであり、閲覧者が多ければよいのだが、毎日のブログへの訪問者はわずかである。爪句集という紙の媒体にしたところで読者数はあまり期待できない。

事実、これまで出版した爪句集は札幌の主要書店に置かれているけれど、売り切れるほどではないようだ。クラウドファンディング（CF）で出版支援も募っていても反応はあまり無い。それではマスコミに宣伝してもらおうかと、北海道新聞別冊の「さっぽろ10区」の紙面（2021・6・4）で爪句集を取り上げてもらった。これでブログの閲覧者が増えたとは思えないけれど、記事を書かれた小野高秀記者にはお礼申し上げる。CFへの支援者も多いとは言えず、だからこそ支援して頂いた方々に、この「あとがき」の最後にお名前を記してお礼に代えたい。

爪句集も50集に近づいて次のプロジェクトとして今まで出版してきたシリーズをまとめて大学、高校、市町村の図書館、その他公共施設に寄贈することを考えており、前記CFでもプロジェクトの目的の一つとしている。これまでの寄贈先に加えて今回は北星学園大学にも寄贈を行っており、その寄贈手配の労を取っていただいた元北星学園理事長杉本拓氏にお礼申し上げる。

本爪句集出版に際しては、コロナ禍で採用したオンライン校正を行っており、対応されたアイワードの関係者にお礼申し上げる。最後に爪句シリーズの出版を続けてこられたのも妻の支援があったればこそで、妻に感謝の言葉を記しておく。

クラウドファンディング支援者のお名前

（敬称略、寄付順、2021 年 6 月 30 日現在）

順子、三橋龍一、相澤直子、小野高秀、向井隆、ay、里見英樹、浅山正紀、柿崎保生

著者：青木曲直（本名由直）（1941～）

北海道大学名誉教授、工学博士。1966年北大大学院修士修了、北大講師、助教授、教授を経て2005年定年退職。eシルクロード研究工房・房主（ぼうず）、私的勉強会「eシルクロード大学」を主宰。2015年より北海道科学大学客員教授。2017年ドローン検定1級取得。北大退職後の著作として「札幌秘境100選」（マップショップ、2006）、「小樽・石狩秘境100選」（共同文化社、2007）、「江別・北広島秘境100選」（同、2008）、「爪句@札幌＆近郊百景 series1」～「爪句@天空の花と鳥 series47」（共同文化社、2008～2020）、「札幌の秘境」（北海道新聞社、2009）、「風景印でめぐる札幌の秘境」（北海道新聞社、2009）、「さっぽろ花散歩」（北海道新聞社、2010）。北海道新聞文化賞（2000）、北海道文化賞（2001）、北海道科学技術賞（2003）、経済産業大臣表彰（2004）、札幌市産業経済功労者表彰（2007）、北海道功労賞（2013）。

9 爪句@北海道の駅−道央冬編
P224（2010−12）
定価 476 円+税

10 爪句@マクロ撮影花世界
P220（2011−3）
定価 476 円+税

11 爪句@木のある風景−札幌編
216P（2011−6）
定価 476 円+税

12 爪句@今朝の一枚
224P（2011−9）
定価 476 円+税

13 爪句@札幌花散歩
216P（2011−10）
定価 476 円+税

14 爪句@虫の居る風景
216P（2012−1）
定価 476 円+税

15 爪句@今朝の一枚②
232P（2012−3）
定価 476 円+税

16 爪句@パノラマ写真の世界−札幌の冬
216P（2012−5）
定価 476 円+税

17　爪句@札幌街角世界旅行
224P（2012－7）
定価 476 円＋税

18　爪句@今日の花
248P（2012－9）
定価 476 円＋税

21　爪句@北海道の駅－道南編 1
224P（2013－6）
定価 476 円＋税

22　爪句@日々のパノラマ写真
224P（2014－4）
定価 476 円＋税

19　爪句@札幌の野鳥
224P（2012－10）
定価 476 円＋税

20　爪句@日々の情景
224P（2013－2）
定価 476 円＋税

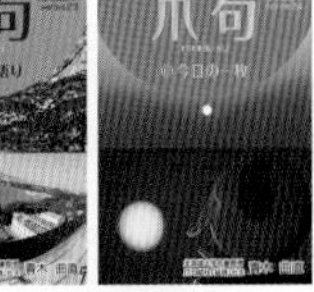

23　爪句@北大物語り
224P（2014－11）
定価 476 円＋税

24　爪句@今日の一枚
224P（2015－3）
定価 476 円＋税

25　爪句@北海道の駅
ー根室本線・釧網本線
豆本　100 × 74㎜　224P
オールカラー
（青木曲直 著　2015−7）
定価 476 円+税

26　爪句@宮丘公園・
中の川物語り
豆本　100 × 74㎜　248P
オールカラー
（青木曲直 著　2015−11）
定価 476 円+税

27　爪句@北海道の駅
ー石北本線・宗谷本線
豆本　100 × 74㎜　248P
オールカラー
（青木曲直 著　2016−2）
定価 476 円+税

28　爪句@今日の一枚
ー2015
豆本　100 × 74㎜　248P
オールカラー
（青木曲直 著　2016−4）
定価 476 円+税

29 爪句@北海道の駅
—函館本線・留萌本線・富良野線・石勝線・札沼線
豆本 100×74㎜ 240P
オールカラー
(青木曲直 著 2016−9)
定価 476 円+税

30 爪句@札幌の行事
豆本 100×74㎜ 224P
オールカラー
(青木曲直 著 2017−1)
定価 476 円+税

31 爪句@今日の一枚
—2016
豆本 100×74㎜ 224P
オールカラー
(青木曲直 著 2017−3)
定価 476 円+税

32 爪句@日替わり野鳥
豆本 100×74㎜ 224P
オールカラー
(青木曲直 著 2017−5)
定価 476 円+税

33 爪句@北科大物語り
豆本 100 × 74㎜ 224P
オールカラー
(青木曲直 編著 2017−10)
定価 476 円+税

34 爪句@彫刻のある風景
—札幌編
豆本 100 × 74㎜ 232P
オールカラー
(青木曲直 著 2018−2)
定価 476 円+税

35 爪句@今日の一枚
—2017
豆本 100 × 74㎜ 224P
オールカラー
(青木曲直 著 2018−3)
定価 476 円+税

36 爪句@マンホールの
ある風景 上
豆本 100 × 74㎜ 232P
オールカラー
(青木曲直 著 2018−7)
定価 476 円+税

37　爪句@暦の記憶
豆本　100 × 74㎜　232P
オールカラー
(青木曲直 著　2018−10)
定価 476 円+税

38　爪句@クイズ・ツーリズム
豆本　100 × 74㎜　232P
オールカラー
(青木曲直 著　2019−2)
定価 476 円+税

39　爪句@今日の一枚
―2018
豆本　100 × 74㎜　232P
オールカラー
(青木曲直 著　2019−3)
定価 476 円+税

40　爪句@クイズ・ツーリズム
―鉄道編
豆本　100 × 74㎜　232P
オールカラー
(青木曲直 著　2019−8)
定価 476 円+税

41　爪句@天空物語り
豆本　100 × 74㎜　232P
オールカラー
（青木曲直 著　2019－12）
定価 455 円+税

42　爪句@今日の一枚 －2019
豆本　100 × 74㎜　232P
オールカラー
（青木曲直 著　2020－2）
定価 455 円+税

43　爪句@ 365 日の鳥果
豆本　100 × 74㎜　232P
オールカラー
（青木曲直 著　2020－6）
定価 455 円+税

44　爪句@西野市民の森物語り
豆本　100 × 74mm　232P
オールカラー
（青木曲直 著　2020－8）
定価 455 円+税

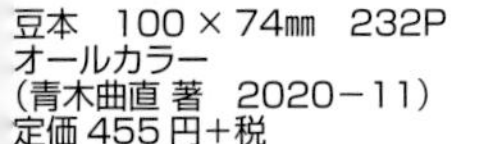

45　爪句@クイズ・ツーリズム
—鉄道編 2

豆本　100 × 74㎜　232P
オールカラー
（青木曲直 著　2020－11）
定価 455 円＋税

46　爪句@今日の一枚
—2020

豆本　100 × 74㎜　232P
オールカラー
（青木曲直 著　2021－3）
定価 500 円（本体 455 円＋税10%）

47　爪句@天空の花と鳥

豆本　100 × 74㎜　232P
オールカラー
（青木曲直 著　2021－5）
定価 500 円
（本体 455 円＋税10%）

北海道豆本　series48
爪句@天空のスケッチ
都市秘境100選ブログ　http://hikyou.sakura.ne.jp/v2/

2021年7月21日　初版発行
著　者　青木曲直（本名 由直）
aoki@esilk.org
企画・編集　eSRU 出版
発　行　共同文化社　〒060-0033　札幌市中央区北3条東5丁目
TEL011-251-8078　FAX011-232-8228
http://kyodo-bunkasha.net/
印　刷　株式会社アイワード
定　価　500円［本体455円+税］

ISBN 978-4-87739-355-7